徳間文庫

交差点に眠る

赤川次郎

徳間書店

目次

1　闇の光

「また、ここなの？」

と、悠季はつい文句を言っていた。

「仕方ねえだろ。金ねえしさ」

肩をすくめて、ゴローが悠季の手を引張る。

「分ったわよ。――そんなにせかさないで」

悠季は、その空家の中へ土足のまま上り込んだ。

木造の、壊れかけたような家だ。

畳の部屋だが、靴で上ってもザラザラと土や砂だらけなのが分る。

ゴローが悠季を抱きしめてキスしようとする。

「待ってよ！」

と、ゴローのせっかちな欲望を押し戻しておいて、「奥に入ってから。――窓から見えるよ」

外の街灯の明(あか)りが、隙間(すきま)だらけの空家の中へ射(さ)し込んでいる。

「誰も通らねえよ」

「まだ十一時だよ。今ごろ帰る奴も一杯いるよ」

悠季は、ゴローの手を引いて、奥の方へ入って行った。

ゴローといっても、どんな字を書くのか、姓は何なのか、悠季は知らない。

ただ、街角でビールを飲んでいて、たまたまそばにいて気が合った。――それで寝て、これが三度目。

本当は今日あたり危い日に当っていて、悠季は気が進まなかった。でも、ゴローの方はどうしても我慢できないらしい。

仕方なく付合って、ここへやって来たのである。

奥の畳の部屋。

比較的きれいだとはいっても、とてもじかに寝る気にはなれない。

そこに二人は段ボールをたたんで敷いていた。――そのままになっている。

「脱げよ」

と、ゴローが言った。

「待ってよ」

悠季は段ボールの表面を手でさわって、「やっぱり雨で湿ってる」

「平気だよ」

「そんな……。いやよ、風邪ひくの」

ゴローは早くも上半身裸になっている。

悠季は肩をすくめて、

「分ったわよ」

と、スカートを落とした。

「早くしろよ」

と、ゴローが悠季を押し倒す。

「せっかちにしないで……。痛いよ」

と、悠季は身をよじった。

そのとき、物音がして、

「――誰か来る」

と、身を固くする。

「来るもんか」

「来るってば！　ほら！」

確かにドタドタと足音が聞こえた。

悠季はあわてて飛び起きると、スカートをつかんで、暗がりの奥へ駆け込んだ。

「待てよ！」

ゴローがあわててジーンズを引張り上げながら、悠季のそばへやって来た。

隠れる所がない。

ともかく、光の届かない暗い隅でじっと息を殺しているしかなかった。

「こんな所か！」

と、太い男の声がした。

「選んじゃいられないでしょ」

と、女の声。「——こっちの方がまだましみたいよ」

その二人が入って来た。

悠季は、表の明りが洩れ入る中に、コートをはおった女と、背広姿の男を見た。

女は三十五、六。男の方はもう五十近いかもしれない。

「もう、ここが行き止りだな」

男は上着を脱いだ。ワイシャツが裂けている。

「私たちには似合いよ」

と、女がちょっと笑って言った。

「どれくらい時間があるかな」

「さあ……。一時間はないでしょうね。でも五分ってことはないわよ」

「五分ありゃ充分だ」

男が女を抱き寄せてキスする。

「――見て、段ボールが敷いてある。大方、同じことを考えたのね、誰かが」

男はズボンのベルトから何かを抜いた。

あれって――拳銃？　悠季は青ざめた。

「待って」

女がコートを脱ぐと、段ボールの上に広げた。

悠季は息を呑んだ。――その男と女が、互いにせかされるように服を脱ぎ捨てるのを、信じられない思いで見ていた。

洩れ入る明りに女の白い肌がチラチラと動いて、二人はもつれ合いながら広げたコートの上に倒れ込んだ。

悠季は体が震えてくるのを、じっとこらえなければならなかった。

その二人の交わりは、悠季とゴローの半分さめた遊びのようなそれとはまるで別物だった。

激しくぶつかり、貪るようなセックスは、悠季には想像もつかないものだった。

獣のように声を上げ、汗が飛び、こすれ合う肌のぬめりさえ感じられる。悠季は、そんな場面を見てはいけないと思いつつ、瞬きさえできなかった。

男の呻き、女の声がひときわ高くなって、やがて二人は重なり合ったまま動きを止めた。

荒い息づかいだけが、しばらく聞こえていた。——二人の肌から湯気が立ち上るかのようだ。

「いい汗かいたわ」

と、女が言った。

男が体を起し、

「すまねえな」

と言った。「お前まで死なせたくなかったが」

「もう死んでるのよ」

女も起き上って、「死んでなきゃ、こんないい思いはできないわ」

「ひと風呂浴びたいところだな」

「我慢しなさいよ。あの世に行ったら、きっと温泉ぐらいあるわ」

二人は笑った。

思わず身動きしていたらしい。物音をたてて、

「誰かいるよ」

と、女が立ち上った。

「銃をよこせ！」

撃たれる！　悠季はあわてて、

「ごめんなさい！」

と、立ち上った。「隠れてただけです。すみません！」

女が全裸のままやって来て、

「子供じゃないの。――何だ、あんたたちもここで？」

「いえ……。まだです」

悠季はスカートを手に持ったままだった。

ゴローは、腰が抜けたのか、座り込んで動けない様子だ。

「見られちゃったね」

と、女は笑った。

男はその間に服を着ていた。

「ふざけた奴らだ」

「放っときなさいよ。――あんたたち」

「はい」

「隠れてないと危いよ」

「あの……」

悠季が言いかけたとき、表で突然車の音がした。

「隠れて！　じっとしてるんだよ！」

女は裸のままでバッグから拳銃を取り出した。

「おい、服ぐらい着ろ」

「死にゃ恥ずかしくもないさ」

「しかし——」

「分ったわ」

女は裸の上にスーツの上着をはおり、スカートをはいた。

表でバタバタと足音がした。

男も女も、拳銃を手にしてかがみ込んでいた。——悠季は目の前で起っていることが信じられなかった。

すると、突然女の方がバッグを開けて、中から何か取り出し、悠季の方へやって来たのだ。

「あんた、悪いけどね、これを」

渡されたのは一枚の写真だった。

「あの——これをどうすれば」

「できたら娘に渡してやって」

「娘さん……」

表から、

「小沼（こぬま）！　出て来い！」

という怒鳴り声。

「やかましい！」

と、男が怒鳴り返した。「そっちから来やがれ！」

一瞬の間があって、激しい銃声が響き渡った。壁や窓が砕ける。

女が駆けて行くと、

「あんた！」

と、男の前に立って、「私が盾になるから逃げて！」

「馬鹿言え！」

銃声が一段と激しくなる。女が叫び声と共に銃を撃ちながら表の方へ足を進めた。

悠季は人が撃たれるのを初めて見た。

女の体から血がふき出して、弾かれたように倒れる。

「充子（みつこ）！　畜生！」

男がワーッと叫んで、表へ飛び出して行った。

数十発の銃声が空気を震わせ、その発射の火が暗がりを照らした。血にまみれた女の姿をも。

静かになった。

「――引き上げるぞ」

と、声がした。

誰も奥までは入って来なかった。

やがて車の音がして、それも遠ざかる。

「――助かったね」

と、悠季は息をついた。「ね、ゴロー。――ゴロー？」

見ると、ゴローは気絶していた。


「悠季！」

刑事に連れられて、廊下へ出ると、母のみすずが駆けて来た。

「この子のお母さんだね」

「はい！　梓（あずさ）みすずと申します」

「ヤクザの殺し合いに巻き込まれるところだった。無事で良かったよ」

「すみません！　私がこういう商売なので、つい目が届かず……」

濃い化粧が涙でめちゃくちゃだ。

「もう……連れて帰っていいでしょうか」

「ああ、いいよ。――じゃ、夜遊びはやめろよ」

刑事が悠季の肩をポンと叩いて戻って行く。

「悠季……。けがはないの？」

「うん」

「良かった……。二人も殺されたって？　怖かったでしょ。あんたまでとばっちりくわなくて良かったわ」

悠季は黙って目を伏せていた。

「さ、帰ろう」

と、みすずが促す。

「お母さん」

と、悠季が言ったので、みすずは面食らったように立ち止った。

母親を「お母さん」と呼ばなくなって久しかった。

「どうしたの？」

悠季は、母親の顔を見て、ふき出してしまった。

「パンダみたいになってるよ、目のとこ」

「だって……。仕方ないでしょ」

みすずも笑って、ハンカチを出すと目を拭（ぬぐ）った。

「お母さん。――ごめんね」

と、悠季は言った。「心配ばっかりかけて。本当にごめん」

「悠季……」

みすずはじっと娘の手を取って、「ありがとう。無事でいてくれて。お母さん、それで充分よ」

悠季は、ちょっと微笑（ほほえ）んで、

「お腹空いた。何か食べて帰ろ」

と言った。

2　スポットライト

「じゃ、音楽！」

という声と共に、会場に軽快なリズムの音楽が一杯に流れ、同時に七色の照明が一斉に躍動（やくどう）した。

ランウェーを照らすライトの中に、若い女が一人、立っていた。

「どうですか？」

と、声が響く。

「止めて！」

と、女は手を振った。

音楽がピタッと止む。

「音量、もう少し絞（しぼ）って、ディスコじゃないんだから。隣の人同士、このデザインはいいとか悪いとか、話ができるくらいの音で」

「はい」

「照明はいいわ。ショーが始まったら、あくまで基本通りにね」

「了解しました」

「若いモデルが多いから、活き活きした感じにね。――ご苦労様。明日はよろしく」

バタバタと片付けて帰って行くスタッフ。

みんなその道のプロだ。切り上げるときは素早い。

「先生」

と、黒いスーツの若い女性がやって来た。

「あら、まだいたの？　今夜デートかと思ってた」

「いくらもてて困る私でも、ショーの前の晩にデートはしませんよ」

と、梅沢綾子は言った。

「そう。じゃ、一杯付合って」

と、梓悠季は笑って言った。

会場を出ようとして、足を止め、振り返る。〈梓ゆきの世界〉。その大きな文字が照らされていた。

悠季は、ファッションデザイナーとしては〈梓ゆき〉である。

「お世話になります」

会場の管理人にていねいに頭を下げ、ホールを出る。

一杯、といっても、アルコールを口にしない悠季はコーヒーである。

深夜まで開いているカフェで、悠季は秘書の梅沢綾子とコーヒーを飲んだ。

「明日もマスコミの取材が大変ですよ」

と、綾子が言った。

「だといいけど」

「先生のショーは絶対話題になります」

悠季はコーヒーをゆっくり飲んだ。

――まだ二十九歳のデザイナー。世間向きには「三十歳」ということになっている。

「一つ気がかりが」

と、綾子が言った。

「何？」

「ナターシャちゃん、連絡取れないんです」

明日出る予定のモデルだ。

「大丈夫？」

「今夜、何とか。――捕まらなかったら、マンションに行ってみます」

「よろしくね」

「万一のときは、代りはいますから」

「でも、あの子はメインだから。――責任感強い子だから大丈夫でしょ」

と、悠季は言った。

必要な打合せだけして、二人はカフェを出た。

「おやすみ」

タクシーを停めて、悠季は乗った。「銀座へ」

タクシーが走り出すと、悠季はゆっくりと座席で体を休めた……。

銀座の灯（あかり）は大分にぎやかになり、景気が戻ったとはいえ、悠季はそれを楽しむ気にはなれなかった。

ただ、狭い通りへちょっと入ると、両側にタクシーやハイヤーが並び、どこか息苦しいほどの混み方だ。「遊んでいる」場所のはずなのに、どこかせき立てられているようなこの空気は何だろう。

「ここでいいわ」

悠季はタクシーが身動きとれなくなる手前で降りた。

少し歩いて、ビルの中へ。小さなエレベーターは、プンと酒の匂いがする。そのビルに入る十軒以上の小さなバーの客を乗せて上下しているのだ。

五階で降りると、目の前に二軒バーがある。悠季は更に奥のドアへと向った。

「――あら」

ドアを開けると、カウンターの中で母、梓みすずが顔を上げた。「来てくれたの」

「だって、お母さんの誕生日じゃない」

と、悠季は言って、バッグからリボンをかけた小さな箱を取り出した。「おめでとう」

「ありがとう！——開けるのは帰ってからにするよ」

「ついさっきまで、おなじみさんが四、五人で飲んでたけどね」

と、みすずは言った。

「暇そうだね」

「もうやめたら？」

と、悠季は言った。「のんびり旅行でもして過しなさいよ」

むろん返事は分っている。

「好きなのよ、この商売が」

と、いつもの通り、みすずは言った。「そりゃ、赤字の分はあんたに迷惑かけてるけどね」

「そんなこといいけど」

悠季は笑って、「——もう閉める？　一緒に軽く食事しない？」

「そうしようかね」

みすずは、この店を娘からプレゼントされて、一人でやっている。

「でも、お客も変ったね」

と、片付けながら、「昔は、ちゃんとけじめのはっきりした、いい男がいたもんだけど……」

「けじめ?」

「会社のお金で飲むのと、自分のお金で飲むのとさ。今は、彼女連れでも、会社の金で飲む。いやだね」

「そういう世の中なのよ」

と、悠季は言った。「さあ、行こう」

——母娘は店を出て、タクシーを拾うと少し走って、よく行くイタリアンの店に行った。

深夜、三時過ぎまでやっている。

みすずも、意外に口に合うらしい。

いや、じき六十歳になるからといって、

「お茶漬と納豆があればいい」

とはならず、

「トマトとモッツァレラチーズでね。それにパスタはボロネーゼ……」

と注文するのが、みすずなりのこだわりかもしれなかった。

オーダーを終えると、みすずはドライシェリー、悠季はペリエ。むろん、みすずも、後はグラスでワイン一、二杯程度だ。

「もうじき、ショーでしょ」

と、みすずが言った。

「あら、憶えててくれた？」

と、悠季は言った。「明日よ」

「まあ、それじゃ早く帰ったら？」

「私は『先生』なの。朝早く行って、スタッフの邪魔してもしょうがない。みんな任せた方がいい仕事をするわ」

「それはそうかもしれないけど、何もしなくても、早く行った方がいいよ。それが上に立つ人間の心得だよ」

「せいぜい三十分の違いよ。どうせ眠れやしないわ。全力投球の成果だもの」

「頑張ってるね」

と、みすずは微笑んで、「これからのものでしょ？　冬物？」

「お母さん」

と、悠季は笑って、「秋には来年の春、夏物のショーなのよ、この世界は」

「気が早いね」

と、呆れたように、「年齢取るわけだね」

「どうしてそういう理屈になるの？」

――もちろん、みすずがこんなレストランで食べるのも、悠季が一人前のファッションデザイナーになってからのことだ。

この五年間、〈梓ゆき〉のブランドは着実に客を増やし、人気を呼んで来た。

悠季が「雇われマダム」の母に、「自分のお店」をプレゼントしたのは二年前のことだった。

「ねえ」

と、パスタを食べながら悠季が言った。「このショーが終ったら、どこか温泉にでも行かない？」

「いいわね。でも、休めるの？」

「何とかするわ」

「でも……」

「何か都合悪いことでも？」

「私は何もないけどさ」

と、みすずは言った。「あんた、私とじゃなくて、誰か一緒に行く人、いないの？」

悠季は食べる手を止めて、

「それ、男ってこと？」

「そうよ。もう二十九なのにさ」

「公称三十」

と訂正して、「焦るほどの年齢じゃないわよ」

「そりゃそうだけど、五年や十年、アッという間だよ」

「ご心配なく。いずれ『運命の出会い』があるわよ」

「だといいけどね」

「じゃ、温泉の方は日取り決めたら連絡するね」

同じマンションに住む母と娘だが、部屋は別フロア。生活時間が全く違うので、あまり会うことがない。

甘いものも大好きなみすずがデザートを選んでいると、悠季のケータイが鳴った。

席を立って、店の外へ出る。

「もしもし？」

「——ゆき先生ですか」

かぼそい声が聞こえて来る。

「誰？」

「あの……」

「もしかして、ナターシャ？」

明日出る予定のモデルだ。

「はい」

「どうしたの？　梅沢さん、心配してたわよ」

「すみません……」

声が弱々しい。

「具合悪いの？」

「あの……困ってるんです」

「どういうこと？」

少し間があってから、

「先生には迷惑かけられません。明日、申し訳ありませんけど、休ませて下さい」

いつものナターシャの声に戻っていた。

「ともかく話してみて。今、どこ？」

「今……Nホテルの部屋です」

「じゃ、近くだわ。何号室？」

少しためらってから、

「2015です」

「すぐ行くから。いいわね」

悠季はケータイを切って席に戻ると、

「急用なの。ゆっくり食べてって」

と、みすずに言った。

「大変ね」

「お店でタクシー呼んでもらってね」

と言いながら、もうバッグを手にしている。

支払いは次のときに、となじみのウェイターに言って、店を飛び出した悠季は、ちょうどやって来たタクシーを捕まえた。

――Nホテルへ向いながら、悠季は万一ナターシャが出られないとき、代りをどう使うか考えていた。

今、ナターシャがなぜ困っているのかは、どうせ行ってみなくては分らない。考えてもむだなことは考えない。

ナターシャは今二十一歳。ファッションモデルとしては若いが、日本人受けするタイプだ。

海外でも通用するモデルは長身で人間離れしたプロポーションでなければならない。

日本人向けにデザインした〈梓ゆき〉の服は、そういうモデルには合わないのだ。

そう長身でもなく、ごく普通の体型のナターシャは、国内では雑誌などにも人気のモデルである。

ここ二年ほど、急速に人気が出たが、悠季の所ではその前からメインのモデルとして使って来た。ナターシャも、その点、悠季に感謝して、いつもショーには最優先で出てくれている。

ナターシャは本名だ。ナターシャ・大木。父親がロシア人、母親は日本人だと聞いていた。

悠季はモデルにいちいち私生活まで立ち入ったことは訊かない。プロとして、仕事をちゃんとこなしてくれればそれでいいのだ。

「——どうも」

Nホテルでタクシーを降りると、悠季は真直ぐに20階へと向った。

〈2015〉は、スイートルームだった。

チャイムを鳴らすと、待っていたように、すぐドアが開いた。

「ナターシャ……。どうしたの?」

化粧っ気のないナターシャの顔は血の気が失せていた。

ともかく中へ入ってドアを閉めると、ナターシャがいきなり悠季に抱きついて、ワッと声を上げて泣き出した。

泣かせておくしかない。――悠季はナターシャの細かく震える体を抱いていた。

ナターシャはバスローブ姿だった。黒い髪もまだ濡れている。

男と泊っていたのだろう、と察した。そこで何があったのか。

しばらくして、やっと泣き止んだが、まだ時々しゃくり上げながら、

「すみません……」

と、くり返している。

「いいのよ。どうしたの？」

「私……」

「男の人と？」

「ええ」

「それで？」

「私、バスルームに入って、シャワーを浴びてたんです。その音で何も気付かなくて……」

スイートなので、ベッドルームは一つ奥にある。――悠季はその入口に立って、息を呑んだ。

大きなベッドの上に、男が大の字になって倒れていた。血に染っている。

そっと歩み寄って、悠季はその死体を見下ろした。

銃弾を受けた死体を、また見ることになろうとは。――バスローブを着た男は、少なくとも五、六発の銃弾を浴びていた。

十三年前、十六歳だったあの夜の記憶がよみがえって来た。

ナターシャはベッドルームの中へ入って来ようとしなかった。当然だろう。

「ナターシャ、この人は……」

と、訊こうとして、悠季はふと男の顔に見覚えがある、と思った。

「まさか」

と、つい呟いていた。「この人、柳本さん？」

〈M食品〉の社長。――ナターシャがCMに出ているスポンサーである。

「そうです」

「そういうことか」

悠季は息をついた。

「柳本さん……奥さんもお子さんも」

「知ってるわ」

「どうしたらいいでしょう」

バスローブの合せめを押えて立っているナターシャは、心細く、頼りなげに見えた。

悠季も、さすがにこの状況でどうしたらいいか、すぐには決めかねた。

もちろん、本当ならすぐ一一〇番して、正直に事情を打ち明けるべきだろう。しかし、そうなればナターシャと柳本の関係はマスコミの格好のニュースだ。

ナターシャのモデルとしての将来は、おそらく閉ざされてしまう。

悠季にとっても難しい状況である。

大切なショーを明日に控えて、今警察沙汰になるようなことに係ったら……。

デザイナーとして、まだ〈梓ゆき〉は若く、新進だ。ちょっとしたきっかけで潰されることも、充分にあり得る。

悠季はナターシャの方を見て、

「今夜、ここであなたと柳本さんが会ってることを、誰か知ってる？」

と訊いた。

「たぶん……誰も」

と、小声で答える。

「正直に答えて。このホテルで、いつも会ってた？」

「いつも、っていうほどは……。まだ三回目です。ホテルは変えていました」

「二人一緒にチェックインしたの？」

「いいえ。——柳本さんが先に。ケータイでルームナンバーを知らせてくれて」

「あなたがここへ入るのを、誰かに見られた？」

「見られていないと思いますけど……」

「ルームサービスは？」

悠季は、テーブルの上のウイスキーのセットを見ていた。

「私がバスルームに入るとき、チャイムが鳴って、柳本さんが受け取ってました」

「じゃ、ボーイに見られてない？」

「はい」

悠季は、死体をじっと見下ろして、

「――誰かに狙われてるとか、そんな話をしてた？」

「いいえ……。全然そんなこと、おっしゃってません」

しかし、銃で何発も撃たれるというのは、普通の個人的な恨みでの犯行とは考えにくい。

悠季は、ナターシャの方を振り向くと、

「服を着て」

と言った。「忘れ物がないようにね。お風呂場とかにも」

「はい……」

ナターシャも、悠季の冷静な様子を見ている内に、大分立ち直って来たようだ。

バスローブを脱いで服を着ている姿は、ファッションショーの舞台裏で手早く着替えているときのようだった。

「——大丈夫です」

と、アクセサリーもつけて、肯く。

「ナターシャ」

と、その細い肩に手をかける。

「はい」

「一か八か。——うまくこれで逃げられれば黙って通しましょう」

「はい」

「もし、後でばれたら、もちろんまずいことになる。でも、明日のショーが私には大事なの」

「すみません、こんなときに」

と、ナターシャはうなだれた。

「今さら、済んだことは仕方ないわ」

悠季は、もう二度自分の目で、バスルームからずっと見て回ると、

「ルームキーは？　持ってない？」

「私は持ってません」

「いいわ。じゃ、行きましょう」

ドアを細く開けて、廊下の様子をうかがう。

「出て！　早く」

と、ナターシャを先に出す。

自分も出て、ドアを静かに閉めると、急いでエレベーターホールへと向った。

幸い、ボーイや客とは会わなかった。

エレベーターが来るのを待っていると、ナターシャがハンカチで眼を拭った。

「あなた……柳本さんとは無理強いされたの？」

と、悠季は訊いた。

ナターシャは、ちょっとびっくりしたように悠季を見て、

「いいえ！」

と首を振った。「やさしい人だったんです。私が――私の方から、抱かれに行ったんです……」

プレイボーイは、相手に誘惑されたと感じさせない。しかし柳本がその手の男かどうか、悠季は知らなかった。

エレベーターが来て扉が開く。

「あ、ごめんなさい」

降りて来る客がいた。親子連れの四人で、中学生くらいの女の子は、降りながら、ナターシャの顔をパッと見ていた。

「あ、ナターシャだ」

という声がした。

悠季は急いで扉を閉じた。

よりによって！

「ゆき先生……」

と、ナターシャが怯えたように悠季を見る。

「大丈夫。普通にしてるのよ。いつものように。目につかないように、と気にしてたら、却って目立つわ」

「はい」

二人はともかくホテルを出て、タクシーに乗った。

「夕ご飯、まだ？」

「え……。まだですけど、今は……」

「食べた方がいいわ」

悠季は、よくファッション界の知人が行くレストランに行くことにした。

「人に見られません？」

と、ナターシャは不安げだ。

「私といたからって、少しもおかしくないでしょ」

「そうですね」

「大丈夫。若いんだから、食べられるわよ」

と、悠季は言った……。


やはりレストランには、ファッション関係の知人が三人来ていた。

「明日、伺うわね」

「よろしく」

「ナターシャちゃん、今度私の所にも出てね」

「よろしくお願いします」

同じような会話が何度かくり返された。

ナターシャも、「プロ」の顔を取り戻して、ちゃんと食事をとった。

母と食べていた悠季は軽くパスタだけにして、それでもナターシャの様子を見守っていた。

「――ごちそうさまでした」

ナイフとフォークを皿に置いて、「私、こんなに食事なんかして」

「それでいいのよ」

と、悠季は肯いた。「大変な思いをしたんですもの、よく立ち直ったわ」

「ゆき先生……。一つ訊いても？」

「何を？」

「さっき……。柳本さんを見ても、そんなにショックだったように見えませんでしたけど……」

「そんなこともないけど――。あれが初めてじゃなかったから」

「え？」

「十六歳のときにね、目の前で人が撃ち殺されるのを見たの」

と、悠季は言った。

コーヒーを飲みながら、十六歳のころの自分を語り始めていた……。

「――その人たち、ギャングみたいな？」

「ヤクザ同士の戦いね。負けて逃げた一方の幹部――小沼勝平って男だって後で聞いたわ。女はその愛人で、有田充子。一人で逃げれば、彼女は生きていられたでしょうけど、最後まで見捨てなかったのよ」

「凄い話ですね……」

「私は、あのとき、死を覚悟して二人が愛し合うのを見た。そして体中に何十発も銃弾を受けて死ぬのも見たわ。——あれが私の人生を変えてくれた」

と、悠季は言った。「それまでの自分の反抗だの、反発だのが、子供じみた馬鹿げたことだって思えたの」

「それで違う道に？」

「ともかく、家へ帰ったわ。母はホステスで毎晩家にいなかったけど、そんなことで文句を言いながら、母の稼ぎで私は遊んでた。——いい気なものよね」

と、悠季は微笑んだ。「男の子と遊んでいても、ちっとも楽しくなかったのに、楽しいふりをしてた。でも、あの二人の姿を見て……。命をかけて愛するってことの凄さを感じたわ」

ナターシャはじっと聞き入っている。

「——それから私は衣裳（いしょう）デザインの世界に入ったの。どんなに辛くて泣きたくても、それでも私は生きてる、って思ったわ」

「先生、偉いですね」

「まだ三十よ。偉いなんて言われたくないわ」

「本当は二十九でしょ」

「ばれてたか」

と、悠季は笑った。

「その人たちを殺したのもヤクザなんでしょ?」

「ええ。でも私は殺した方は見ていなかったしね。ただ——」

と、ちょっと目を伏せて、「有田充子っていう女性から、死ぬ間際に渡された写真のことだけがね」

「写真……」

「娘に渡してやってくれって頼まれたの。——でも、その後調べたけど、結局分らなかった」

「その人の写真ですか?」

「有田充子が、まだ二、三歳の女の子と二人で笑っている、とてもいい写真よ」

と、悠季は言って、「見る?」

「ええ」

バッグを開けて、

「いつも持って歩いてるの。あのことを忘れないためでもあるけれど、今はもうお守りのようなものね」

と、ビニールに挟んだ写真を取り出す。

「何枚かコピーを作って、興信所なんかに依頼したこともあったわ。でも、何も分らなかった」

ナターシャは写真を返して、

「私も、勇気を持たなきゃいけないんですね」

と言った。

「そうよ。――今夜のことは、もう忘れて。きっと、あの人は何か危いことに係ってたんだわ」

「そうですね……」

「今は明日のことを考えましょう。あなたが最後はウェディングを着るのよ」

「はい」

と、ナターシャは微笑んだ。

「あ、電話だわ」

秘書の梅沢綾子からだった。

「先生、ナターシャちゃんの居場所がどうしても分りません」

「あ、ごめんなさい。今一緒」

「――は？」

「ナターシャちゃん、ここにいるわ。明日は大丈夫」

少し間があってから、梅沢綾子は、

「先生！」

「何よ、大声出して」

「どういうことですか！　私が必死になって駆け回ってたのに！　せめて電話一本でも下されば――」

「ごめんなさい。ついうっかりしてて」

「うっかりじゃありませんよ！」

梅沢綾子は、さらに十分近くも悠季にかみついて、悠季を閉口させたのだった……。

3 ウェディング

「ラストを飾るのは、〈梓ゆき〉スピリットの結晶！ 純白のウェディングドレス！」

淡々とした口調が、却ってこの場には効果的だった。

言葉ばかりが優先するのでは失敗だ。ほとんど解説は入らない。

次々にランウェーに現われるモデルたちがまとった衣裳こそが主役である。

そしてショーの最後はウェディングドレス。

ライトの中に、ブーケを手にしたナターシャの姿が浮かび上ると、ごく自然に会場は拍手で包まれた。

ナターシャの顔に浮かんだ笑顔は、ショーのための「作りもの」でない、心からの喜びが感じられた。

〈梓ゆき〉のデザインは決して奇抜さを売りものにしない。基本的にはオーソドックスであり、本当に普通の人が日常の生活の中で着られるもの、なのである。

ナターシャは二度客の前を往復すると、中央に立った。――会場が一杯の光で溢れると、他のモデルたちも次々に現われて並ぶ。

拍手は一段と高まった。

――悠季は、会場の隅に、目立たないように立って、客席の反応を見ていた。

デザイナーはよく、ショーの最後にモデルたちと一緒に現われて、花束をもらったりするが、悠季はやらない。

デザイナーはあくまで陰の存在だ。

ナターシャがホッとしているのが、見ていて分る。

「――先生」

秘書の梅沢綾子が、いつの間にかそばに来ていた。

「ああ、ご苦労様」

「凄くいい手応えです」

「そう？」

悠季はショーが成功したことを肌で感じていた。

客が帰り始める。

悠季は出口の近くに立って、お客を送り出した。

「ゆき！　すばらしかったわよ！」

同業者の称賛は嬉しいが、お互い、本音は見せないところがある。

もちろん、ていねいに礼を言って、見送るのだが。

「ご成功、おめでとう」

と、握手して行く男性もいる。

デパートの担当者、記者、その他色々……。

悠季も全部の顔を憶えていない。

しかし、その点梅沢綾子の記憶力は凄い。

誰にせよ、そう何度も会っているわけではないはずだが、ちゃんと名刺を交換した相手なら、まず忘れることはない。

「どうも。——ありがとうございました。——どうも」

握手、また握手。それは果てしなく続いた。


「先生! ありがとう!」

ナターシャは、悠季の顔を見ると、こらえ切れなくなったように涙をこぼして抱きついて来た。

「良かったわよ、ナターシャ! ウェディングの歩きはすばらしかった」

「本当? 嬉しいわ」

と、ナターシャは涙をティッシュで拭った。

「本当のウェディングが近いんじゃない？」

と、仲間のモデルがからかう。

「本当。実感こもってたわ」

と、他の子も同調する。

「そんなんじゃありません」

と、ナターシャは少しむきになって言い返した。「ゆき先生のデザインがすばらしいからです」

モデル仲間ではナターシャは若い。仲間といっても、微妙な部分がある。

「みんな、お疲れさま」

と、悠季は声をかけた。「おかげで大成功だったわ。またよろしくね」

ごく自然に、モデルたちの中から拍手が起って、それは広がって行った。

「ありがとう。――ありがとう」

悠季も、思わず胸が痛むほど感動した……。

ショーの後、悠季は一人になる。

会場のあるビルの一階にティールームがあって、そこで一人、コーヒーを飲む。

そのくせを分っていて、梅沢綾子も決して邪魔をしない。

夕暮れどきで、表は少し暗くなりかけている。

悠季はガラス越しに、にぎやかに行き交う人々を眺めていた。——ショーの緊張と興奮を、こうしてかみしめているのかもしれなかった。

同時に、反省点を見付ける時間でもある。あそこはこうした方が良かった。ここは別のやり方が……。

そのとき、ふと悠季は誰かの視線を感じた。こっちを見ている。

ガラスの向う。表の通りにじっと立ち止って悠季のことを見つめている男がいた。今は店の中の方が明るい。だから外から悠季の姿はよく見えているはずだ。

男は、明らかに悠季を見ていた。

誰だろう？　悠季はその男がくたびれたコートをはおり、無精ひげをのばして、およそ働いているように見えないことに気付いていた。

男はなかなか立ち去ろうとしない。

気になって、悠季は立ち上ると、

「ちょっと席を外すだけ」

と、店の人間に声をかけた。

そして店を出ると、ビルの外へと向った。

男は、悠季が近付いてくるのを見て、あわてて逃げ出しそうにしたが、

「待って」

と、呼び止められて、悠季の方を振り向いた。

「私に何か用？」

と、悠季は言った。「用があるなら、そう言って」

男はおずおずと目を上げて、

「悠季……。立派になったな」

と言った。

悠季は、その声にどこか憶えがあった。

「待って。あなた……もしかして……」

「俺のことなんか、忘れちまったろ？」

――悠季は、ちょっと目を見開いて、

「あんた……ゴロー？」

男はいささか照れたように肯いた。

「まあ……。びっくりした」

悠季は、十六歳の昔、あの二人のヤクザが殺された夜に一緒だった「ゴロー」を、よく憶えていたと自分でも思った。

「すまねえな……。お前がすっかり偉くなってることは、雑誌で見て知ってた。それがさっき通りかかったら、お前があそこでお茶飲んでた。つい、じっと見ちまって……。ごめん」

男の哀れっぽい目つきは、悠季の心を動かした。

「もしかして——お腹空いてない？」

と、悠季は言った……。


「妙なもんね」

と、悠季は首を振って、「あんたが坂井五郎って名だってこと、初めて知ったわ。私にとっちゃ、ただの『ゴロー』だった」

ゴロー、こと坂井五郎は、悠季のおごりでカツ丼を必死でかっ込んでいた。

その前に天丼を食べての上である。

「——旨かった」

と、坂井五郎は体中で息をついた。

「それ以上食べると体に悪いわ」

と、悠季は言って、「これ持って行って」

と、一万円札を数枚、テーブルの上に置いた。

坂井はしばしためらっていたが、

「じゃ……。申し訳ねえ」

と、拝むようにしてお金をポケットへねじ込む。

「あんた、今いくつ？」

「三十だよ」

「じゃ一つ上だっただけ？　人の記憶なんてあてにならないわね」

「でも、老けてるだろ？」

確かに髪も真白で、とても三十とは見えない。「俺――刑務所に入ってたんだ」

と、坂井は言った。

「あんたに迷惑はかけないよ。これでもう二度と顔を出さないから」

「刑務所って、何をしたの？」

「俺、普通のサラリーマンになって、金の出し入れを担当した。その内、小銭をごまかしてポケットへ入れるようになったんだ」

「それで逮捕？」

「それだけじゃない。付合ってた女に愛想づかしされて、カッとなり――」

「殺したの？」

「ちょっとけがさせただけだ」

と、坂井は言った。

「いつ、出て来たの？」

「半年前だ。仕事なんかなくてさ」

「でしょうね」

——これがあの「ゴロー」か。

悠季は、魅力のかけらもない坂井を、このまま追い返せなかったのである……。

「あの夜以来だな」

と、お茶を飲んで坂井五郎は言った。

「——そういうことになるわね」

と、悠季は肯いた。「凄い夜だった」

「ああ。俺は腰抜かして……」

と、坂井は苦笑して、「あのころから、意気地なしだったんだ」

「そんなことないわ。誰だって、あんな場面に出くわしたら……」

「あんたは、あれっきり夜遊びの場へ来なくなったな」

「生れ変ったの。あの二人のおかげで」

「そこがあんたと俺の違いだな。俺は生れ変れなかった……」

「まだこれからでしょ。三十歳よ。人生半分以上残ってる」

「それほど長生きできないような気がしてるんだ」

「どこか悪いの？」

と、悠季は訊いた。

「いや、よく分らない。だけど――俺みたいな男が長生きしちゃ、家族にも迷惑だ」

悠季はお茶を飲みかけた手を止めて、

「結婚してるの？」

「うん。――二十五で結婚した。相手はまだ二十歳で……。子供ができちまって、仕方なくだった」

「じゃ、子供もいるのね」

「女の子だ。今六つになるところさ」

「そう……」

「俺は浮気相手にけがさせて刑務所に入ったんだ。当然女房は愛想つかして出て行くだろう、普通なら。ところが――」

と、肩をすくめ、「出所してみたら、女房は前の通りアパートで子供と暮してて、ちゃんと俺の好物をこしらえて待ってたんだ」

「いい奥さんじゃないの」

「俺には荷が重い。何しろ、俺がいない間、収入がないから、女房は慣れない水商売で稼いで胃をやられてた」

「そう」

「何とか仕事を見付けないとな。――今でも女房はバーに出てる」

悠季は改めて坂井五郎――かつての「ゴロー」を見ると、その妻の気持も分る気がした。

放っておけなくなる雰囲気を、坂井は持っているのだ。

昔はそんな風に坂井を見たことはなかった……。

「――どうもごちそうさま」

と、坂井は頭を下げた。「金までもらって――。これで何日かは食べられる」

「いいえ」

「じゃあ……もう行くよ」

「しっかりね」

悠季は支払いを済ませて、坂井と一緒に外へ出た。

外はもう、すっかり夜になっている。

「それじゃ」

と、坂井はちょっと頭を下げて、「頑張ってくれよ」

「あなたもね」

と、悠季は言って微笑んだ。

坂井が歩き出すと、悠季は、

「待って」

と、声をかけた。「――どこへ帰るの？」

「家さ。地下鉄で……」

「送るわ。乗って」

悠季はちょうどやってきた空車を停めると、

「しかし――」

「いいから。どうせ帰るところ」

坂井を押し込むようにして、タクシーに乗り込み、坂井の家へ先に回ることにした。

三十分ほどで、住宅地ではあるが、小さなアパートが建ち並ぶ辺り。

「――そのアパートだ」

と、坂井は言った。

「奥さんに挨拶して行こうかしら」

悠季はタクシーを待たせておいて、一緒にアパートの中へ入って行った。

「バーに出てればいないけど……」

坂井はドアの鍵を開け、「――おい、いるか？」

「お帰りなさい」

と、出て来たのは、二十五、六とはとても見えない、少しやつれた女性で、「いつ帰るか分らないから……、あら」

「女房の友子だよ」

と、坂井は言った。「こちらは――」

「梓悠季です」

と、微笑んで、「今度ご主人にうちで働いていただくことになったので」

坂井がびっくりしたように悠季を見る。

「まあ！　それはどうも」

友子がパッと顔を輝かせた。「どうぞ。――あの、汚ない所ですが、お上り下さい」

「失礼します」

二間のアパートは、飾り気のない寒々とした雰囲気だった。

絵本を畳の上で開いていた女の子が顔を上げた。

「娘の愛だ」

と、坂井は言って、女の子を抱き上げた。

「こんにちは」

悠季は女の子の頭に手をのせて、「今、幼稚園？」

「今、行ってないの」

「あら、そう」

「保育園も見付からなくて」

と、友子がお茶を出して、「何もありませんが」

「お構いなく」

悠季はお茶を飲んで、「ご主人とはずっと昔に知り合いで」

「話したろ？　有名なデザイナーの〈梓ゆき〉さんだ」

「まあ……。じゃ、本当に主人をご存知だったんですね！」

と、友子が目を丸くして、「てっきり冗談だとばかり……」

「今日たまたまお会いして」

悠季は肯いて、「仕事を探してらっしゃると伺ったものですからね」

「ええ。もうずいぶん長く……。じゃ、雇っていただけるんでしょうか」

「ご主人向きの仕事かどうか分りませんけど、今、在庫品の管理に人が足りないものですから」

「何でもやるよ。言いつけてくれれば」

と、坂井は言った。

「嬉しいわ！　収入が不安定で、私もお店に出るのが毎晩ではきつくて……」

と、友子は言いかけて、「でも――あなた。あのことはお話したの？」

「え？」

「後でお困りになられても……」

「ああ、ご主人の『塀の中』体験のことですね。伺いました」

「じゃ、それを承知で――」

「ええ。もうこりたでしょうからね」

「もちろんさ」

と、坂井は言って、愛を膝にのせると、「今度は真面目に働く」

「そうでないと困るわ」

と、悠季は言って、「じゃ、車を待たせていますので、これで」

と立ち上った。

玄関まで来て、友子は、

「ありがとうございます」

と、両手をついて頭を下げた。

「車まで送るよ」

坂井がサンダルをはいて玄関を出る。

――アパートの外へ出ると、

「本当にいいのか」

と、坂井は言った。

「明日の朝、九時にここへ来て」

と、名刺を渡し、「あなたの話が本当かどうか確かめたくて来たの」

「疑ってた？」

「人間、生きるためには嘘もつくわ。でも、奥さんも娘さんも話の通りね。大丈夫だと思ったわ」

「ありがとう」

「奥さん、体こわしてるんでしょ。ちゃんと病院に行かないと」

「うん、行かせるよ」

「じゃ、明日」

「よろしく。――社長と社員だな」

「明日からはね」

悠季はタクシーに乗ると、ちょっと手を上げて見せた……。

――タクシーが見えなくなると、坂井はアパートへ入ろうとして足を止め、ポケットからケータイを取り出して、かけた。

「――坂井です。――ええ、上手くいきました。雇ってもらえましたよ」

と、坂井は言った。

「――はい、分ってます。――では、また」

坂井はケータイをポケットへ戻すと、ちょっと暗い表情でアパートの中へと入って行った……。

4　訪問者

朝からとんでもない忙しさだった。

ショーの翌日は、スタッフはたいてい疲れて少し遅く出社して来る。しかし、悠季は逆に三十分以上早く出社するのだ。

昨日のショーに対するお祝いや注文の電話、ファックス、メールが山のように来るからである。

その反響を一刻も早く知りたい。——悠季の気持である。

「商談がどんどん入ってます」

と、梅沢綾子が言った。「お昼は抜きですね」

「勝手に決めないで」

と、悠季は苦笑した。

「じゃ、コーヒーとサンドイッチで」

「いいわ。ここで食べる」

と、悠季はパソコンのメールをチェックしながら言った。

綾子は当然のことながら悠季より早く出社していた。

「Nデパートから、ご相談したいと」

「そう。あそこ、まだだっけ?」

「そうですよ。忘れないで下さい。——はい、何?」

綾子がインタホンに出て、「——何だか、坂井って男性がお会いする約束だと……」

「忘れてた!」

悠季は声を上げて、「——悪いけど、綾子さん、面倒みてくれる? 資材部で使ってあげてほしいの」

「新入社員ですか?」

「十代のころ付合ってた男なの。今は失業中で」

「それって……。分りました。ともかく差し当りは?」

「雑用を頼んでおいて。向うに任せていいから」

「はい」

「でも——待って。一応会うわ」

悠季は一階のロビーへ行って、坂井が立っているのを見た。

昨日とは別人のように、きちんと背広にネクタイ。——ワイシャツの白さがまぶしい。

「おはよう」

「よろしくお願いします」

坂井は緊張の面持ちで頭を下げた。

「ショーの後で、今日はとても忙しいの。この梅沢綾子さんがあなたを案内して行くから、そこで今日は取りあえず言われた仕事をしてくれる？」

と、悠季は言った。

「はい、何でもやります」

と、坂井は言った。「念のために作業服も持って来ました」

と、手にした紙袋を持ち上げて見せる。

「じゃ、しっかりね」

と、悠季は行きかけて、「給与や細かいことは、明日話すわ」

「分りました」

悠季は自分の席へ戻ると、パソコンに向った。

綾子はすぐに戻って来て、

「昔の男ですか？」

「今は妻子持ち。前科がある」

「聞きました。――まさか、火遊びしようっていうんじゃありませんよね」

「やめて。奥さんと娘さんにちょっと同情しただけ。――Nデパートとは何時？」

「十一時です。他のデパートより狭かったら断りましょう」

「あなたの方が社長みたいよ」

と、悠季は笑った。「ナターシャからは何か？」

「そうでした。電話が一度。メールするって言ってましたけど」

「ケータイの方ね、きっと。――何？」

他のセクションの社員が三、四人もたて続けにやって来て、目の回りそうな一日が始まった……。

Nデパートとの話が長引いたせいで、他の仕事が詰ってしまい、やっと一息ついたときは夕方になっていた。

「お昼はどうしたっけ？」

と、綾子に訊くと、

「人間、一食ぐらい抜いても死にません」

と、冷たい答えが返って来た。

悠季は思い出してケータイのメールをチェックした。五、六件入っている。

母から、

〈お友だちに誘われて、今夜急にオペラを見に行くので、お店は臨時休業〉

と、メールが入っていた。

開いていても、どうせ今夜は寄れなかっただろう。

ナターシャからのメールは朝の内に入っていた。

〈先生。私、ちょっと旅に出ます。心配しないで下さい。連絡を入れます。ナターシャ〉

旅に出る？

少し不安になった。大きなショーの翌日である。普通ならくたびれて昼過ぎまで寝ていてもおかしくない。

ナターシャのケータイにかけてみたが、つながらなかった。

「――先生」

と、綾子が思い付いたように、「ナターシャちゃんっていえば、あの子がCMに出てる〈M食品〉の柳本社長が……」

「ああ、TVで見たわ。ホテルで殺されたってね。怖いわね」

「ピストルで何発も撃たれるなんて、普通じゃないですよね。うちは別に関係ないですけど、もし暴力団でも絡んでると、ナターシャちゃんのイメージが……」

「大丈夫よ。いちいちそんなことまで調べてられないでしょ」

「ナターシャちゃんの事務所に訊いてみますか?」

悠季は少し迷った。

事情が知りたいのはやまやまだが、今はあえて騒がない方がナターシャのためだ。ナターシャの「旅」についても、事務所より自分の方へ言ってくるだろう。

「特にいいわ」

と、悠季は言った。「あと、何か用事あったっけ?」

綾子は無表情に、

「山ほど」

「あ、そう……」

——気が付くと五時を過ぎていて、

「あの新人さんはどうしますか?」

と、綾子に訊かれ、

「忘れてた! ゴローのことね」

「ゴロー!」

「昔はそう呼んでたの。お互い不良でね」

「拝見したかったですね」

「あなたは、そのころから秘書やってた?」

と、悠季は言ってやった。

「まさか。純情な乙女でした」

と、大真面目に言って、「その『ゴローさん』、もう帰ってもらいますか?」

「そうね。明日、就業規則の説明をしてあげて」

「分りました」

「それと、夕飯ぐらい食べさせてよね」

と、悠季は言った……。


悠季がやっと夕食にありついた（正にそんな気分だった!）のは、夜八時過ぎ。

綾子と二人で、イタリア料理の、なじみの店に行った。

綾子も遠慮せずによく食べる。二歳ほどの差だが、ずいぶん違うものだ。

「――柳本さん、女性と一緒だったとか」

と、綾子が言った。「情痴（じょうち）絡みでしょうかね」

「あなたが『情痴』なんて言うと何だか変」

と、悠季はワインを飲みながら苦笑した。

「でも、ピストルっていうのが……。普通の女性は持ち歩きませんものね」

「そうね。何か仕事上のトラブルがあったんじゃない?」

食品メーカーとはいえ、今の企業は全く畑違いの仕事に手を出すことも珍しくない。その世界の事情を知らないと、いざこざを起してもおかしくない。

「あ……」

と、綾子が他のテーブルに目をやって、「あそこに今座ったの、岡部伴之(おかべともゆき)です」

「岡部……。TVに出てる人？」

「流行に弱いですね。今、若い女の子に人気があるんですよ」

「へえ……」

「それに、ブランドの〈N〉の顔です」

二十四、五というところか。――意外に田舎っぽくて、あまりスマートとはいえないが、誠実な印象。

「結構古風ね、若い子の好みも」

「呑気(のんき)ですね、先生も」

「どうして？」

すると、綾子が答える前に、その岡部伴之が席を立つと、悠季たちのテーブルの方へやって来たのである。

「プライベートなときにお邪魔して申し訳ありません」

と、岡部伴之は言った。「梓ゆき先生でいらっしゃいますか」

「ええ」

「役者をやっている、岡部伴之と申します」

「TVで拝見していますわ」

と、悠季は微笑んだ。

「実は、ちょっとお話したいことが……。よろしいでしょうか」

「どうぞ。――かけて下さい」

「お邪魔します」

何とも礼儀正しい、爽やかな青年だ。特に真直ぐに相手の目を見てしゃべるところが悠季には印象深かった。

「ご存知かもしれませんが」

と、岡部は言った。「ゆき先生のモデルをしているナターシャと、僕は付合っています」

「は？」

何とも間の抜けた声を出してしまった。綾子が「呑気ですね」と言ったのは、このことか。

「そうですか……。知りませんでした」

「公（おおやけ）には言ってないのですが」

　と、岡部は少し照れたように、「このところ週刊誌などがかぎつけて取材に来ていまして」

「大変ですね……」

　としか言えない。「それで私にどんなお話が？」

「ナターシャがどこにいるか、ご存知ないでしょうか」

「ああ……。私には『旅に出る』とだけ」

「やっぱりそうですか。どこへ行くか、言っていませんでしたか？」

「メールが来ただけで、詳しいことは何も聞いていません」

「そうですか……」

　岡部はかなりがっかりした様子で、「確か昨日が先生のショーで……」

「ええ、そうです。最後のウェディングはすてきでしたよ」

　と、悠季は肯いて、「それじゃ、もしかして――」

「結婚するつもりです。実は明日、二人で記者会見して、婚約を発表する予定でした」

「まあ」

「それなのに、僕の方へも『旅に出るから、捜さないでくれ』とメールをよこして……」

「そうでしたか……。私も気にしてはいたんですけど」

「ナターシャは、いつも『ゆき先生が私を一番よく分ってくれてる』と言っていました」

「それならいいんですけど。――でも、いずれ何か言って来るでしょう」

「そうですね……。あの――もし彼女から連絡があったら……」

「あなたのことは伝えますわ。でも、私よりあなたの方へ、きっと……」

「せめて、行先だけでも言ってくれたらいいのですが」

と、岡部は表情を曇らせて、「実は――」

と、悠季をじっと見て、ためらっていた。

「もしかして……ナターシャちゃん、子供が?」

と、悠季が訊く。

「はあ……。まだ分ったばかりでした」

岡部は顔を赤らめて、「申し訳ありません」

「私は別に母親じゃないんですから」

と、悠季は言った。「精神的に不安定になっているんでしょう。きっと大丈夫ですよ」

「ありがとうございます」

と、岡部は微笑んで、「お話して、少し気が楽になりました」

そして、自分のメールアドレスをメモして置くと、立ち上って、

「お邪魔しました」

と一礼して、自分のテーブルへ戻って行った。

「感じのいい人ね」

「先生」

と、綾子が言った。「そのアドレス、私にも教えて下さい！」

しかし――ナターシャが妊娠していたとなると、あのとき柳本の部屋にいたのは、どういうことになっているのだろう？

ナターシャがあの件の発覚を恐れているのも当然のことだ。

「さあ、デザートにしましょ」

と、悠季は言った。

マンションに帰ると、母の部屋のチャイムを鳴らしてみたが、まだ帰っていないようだった。

自分の部屋へ帰り、

「くたびれた！」

と、思わず口に出しながら居間の明りを点けると――。

「お疲れのところ、すまないね」

ソファに、ダブルのスーツを着た男が座っていた。

両側に若い男が二人、サングラスをかけて立っている。

「勝手に入って悪かった」

と、男は言った。「デザイナーの梓ゆきさんだね」

口調は穏やかだが、目つきは鋭い。

「そうですが、そちらは？」

「組の関係の者だ」

「私は何も……」

「分ってる。俺たちはナターシャって娘を捜してる」

「モデルの？　どうしてあの子を？」

「柳本が殺された。知ってるか？」

「〈M食品〉の、ですね。TVのニュースで見ました」

「ナターシャは柳本の女だった」

と、男は言った。「驚いてないな。知ってたのか？」

「モデルの私生活までは……」

「ともかく、ナターシャはあのとき現場にいたはずだ。ナターシャの居場所は？」

「知りません」

「本当か」

「しばらくいなくなる、とメールをもらっただけです」

「メールを見せろ」

仕方なく、悠季はケータイのメールを表示して渡した。

「――なるほど」

と、男は肯いて、「嘘じゃなさそうだ」

男は立ち上ると、

「ナターシャから連絡があったら、すぐ知らせてくれ。礼はする」

「そんな……」

「黙ってると、その礼に痛い目にあうぜ」

四十前後か、見たところはビジネスマンだが、どこか危険な匂いを発散していた。

男たちが出て行って、ホッと息をつくと、とたんにケータイが鳴り出して、悠季は危うく声を上げそうになった……。

ケータイに出る前に、少し心臓を落ちつかせる必要があった。

「――はい」

やっと出てみると、

「ああ、私」

母、みすずからだった。

「お母さん……。何もない？」

「何も、って？　何のこと？」

「なけりゃいいの。どうしたの？」

「オペラの後、お食事してね、今終ったんだけど、悪いけど車を回してくれない？」

悠季はホッとして、

「いいわよ。どこに行けばいいの？　迎えに行ってあげる」

「あら、でも……」

と、みすずは口ごもっている。

「お母さん。――もしかして男の人と一緒なの？」

「まあね……。でも、『お友だち』よ。嘘じゃないわ」

「別にいいけどさ……。じゃ、車だけ回そうか」

「そうしてくれる？」

明らかに、みすずはホッとしている。

「どこへ回す？」

悠季は苦笑しながら言った……。

――母、みすずもまだ五十八だ。

恋人がいてもおかしくはない。でも、たぶんお店の客で、家族持ちの人なのだろう。

ともかく、母がそれほど元気なのは嬉しいことに違いなかった。

車を手配して、やっと息をつく。

しかし、一体ナターシャは何に巻き込まれているのだろう？

あの男たちは普通でない。

そして、ナターシャの相手だという岡部というタレント……。

またケータイが鳴った。今度はそうびっくりしなかったが――。

ナターシャからだ！

「もしもし！　ナターシャ？」

と、急いで出ると、

「――先生」

と、かぼそい声が伝わって来た。

「良かった！　生きてるのね」

と、息をついて、「だめよ、妙なこと考えちゃ！」

「え？」

「死のうなんてしないで。あなた一人の体じゃないんでしょ」

「先生、どうしてそれを――」

「可愛い彼氏から聞いたわよ」

「伴之が？」

「そんな名前だっけ？　忘れたわ」

「すみません、黙ってて」

「本当よ。私がまだ独りなのに、あなたみたいに若い子が、けしからん！」

と、悠季はわざと大げさに言った。

「でも、先生――」

「ともかく！」

と、かぶせるように、「今どこにいるか、言いなさい！」

「あの……」

「嘘ついたってだめよ！　私にはちゃんと分ってんだから」

と、悠季は言った。

「あの……先生の部屋の前」

「――何ですって？」

「玄関のドアの前にいます。下のオートロック、たまたま入る人がいて一緒に……」

悠季は玄関へ駆けて行った。

そして、ドアを開けると、確かにナターシャ本人が、ケータイを耳に当てたまま、立っていた。

「今晩は……」

と、ナターシャは微笑んで言った。「突然すみません」

「ともかく――」

悠季は腰に手を当て、「ケータイを切りなさい！」

と言った……。

5　恋人捜し

「全く……」

と、悠季は、せっせとお茶漬を平らげているナターシャを見ながら、「一人で旅に出るんじゃなかったの？」

「その……つもりだったんです……けど」

「ゆっくり食べてからでいい！」

と、悠季はあわてて言った。

ナターシャは、お茶漬を食べ終ると、大きく息をついて、

「――ごちそうさまです」

と、頭を下げた。

「どういたしまして」

「先生……。私が頼れるのは、先生だけなんです」

「そんなこと言っちゃ、彼氏に可哀（かわい）そうじゃない？」

「伴之君はいい人だけど……。あんまり頼りにはなりません」

「まあ、若い内はね」

「私……」

と、ナターシャはため息をついて、「どこか、ともかく遠くへ行こうと思って、駅に行ったんですけど……。でも、切符の自動販売機の前で立ち往生しちゃって……。どうやって買っていいのか分らなくて」

「え？」

「いつも誰かが買ってくれてたし。――モデルとしての仕事でも、必ず担当の人がついててくれて」

「それで？」

「どこへ行ったらいいかも、よく分らないし、迷って立ってる内にくたびれちゃって、その辺の階段に座り込んじゃった」

悠季は苦笑して、

「それでここへ来たの？」

「でも……すぐここへ来たわけじゃありません」

と、ナターシャは言った。「一応、どこかのベンチで寝ようとかしてみたんですけど、体は痛いし、寒いし……。風邪ひきそうなんで、やめました」

「そりゃ無理よ」

と言ったものの、「――仕方ないわね。ここに泊りなさい」

と言うしかない。

「ありがとうございます！」

ナターシャは悠季に抱きついて来た。

「ちょっと！　やめてよ」

と、悠季はあわてて逃げそうにして、「ともかく、今夜は寝なさい」

「はい！　お風呂に入っていいですか？」

急に活き活きして来る。

悠季は、タオルやバスローブを用意して、ともかくナターシャをお風呂へ入れた。

四十分近くもたって、

「――いいお湯でした」

と、顔を真赤にしてバスローブを着たナターシャが出て来た。

「長風呂ね。のぼせたんじゃない？」

「少し……」

ドサッとソファに座り込むと、その拍子に前が割れて、白い太腿が露わになる。

「――ナターシャ」

と、悠季は言った。「ともかく今夜はもうやすんで」

「はい」

と、ナターシャは肯いて、「あの――どこで寝れば?」

「ベッドで寝ていいわよ。私はこのソファで寝るから」

「そんな――、申し訳ないです」

「いいのよ。――私、お風呂に入って来るから」

と、悠季は立ち上った。

――ついつられて、悠季も長風呂になってしまう。

出てみると、ナターシャは堂々と(?)ベッドを占領してぐっすり眠っている。

その様子に、悠季はつい笑みを浮かべてしまうのだった……。

あれだけぐっすり眠ったら、ナターシャはまず目を覚まさないだろう。

悠季はパジャマを着て居間で寛いだ。

いや、本当はそんな呑気なことを言ってはいられないのだ。

この部屋へ入りこんでいた、ダブルのスーツの男。

ナターシャの居場所が分ったら連絡しろと言っていた。もちろん悠季は知らせるつもりなどないが、向うでかぎつけて、またやって来るかもしれない。

急いで立って行って、玄関の二重ロックをかけ、チェーンもしておいた。

しかし──「組の人間」が、どうしてナターシャを捜しているのだろう？

悠季は台所の引出しを開けて、あのダブルのスーツの男が置いて行った名刺を、初めてじっくりと眺めた。

〈ＴＭ商事　取締役　伊河健（いがわたけし）〉

とある。

今はヤクザも会社組織で、昔のような姿ではないらしい。

大学出の「経済ヤクザ」などというのがいて、投資や株で儲けているとか聞く。

そうなると、ヤクザと普通の企業の境目が段々ぼやけて来そうでもある……。

ここに置くのは危いかもしれない。

明日、ナターシャが目を覚ましたら、事情を話して、どこかへ移さなければ……。

そのとき、電話が鳴って、悠季はびっくりした。ケータイでなく、部屋の電話だ。

いつもなら出ないで、留守電にしておくのだが、ナターシャを起したくなかった。

「もしもし」

と出ると、

「梓ゆきさんかね」

「そうですが……」

この声は……。

「さっきお邪魔した伊河という者だ」

やはりそうか。——ナターシャが来たことに気付いたのか。

「どうも先ほどは失礼しました」

「いや、こっちだよ、失礼したのは」

と、伊河は言った。「勝手に入ってしまって、悪かった。あの程度の鍵なら、開けてしまうのが何人かいてね」

「鍵を換えてもむだですね」

「そうだな」

と、伊河は笑って、「しかし、あんたは度胸がある。感心したよ」

「恐れ入ります」

「娘にあんたの名を言ったらびっくりしていた。あんたの服のファンだそうだ」

「娘さんがいらっしゃるんですか」

「そう見えないかね」

「さあ……。お召しもののセンスは独特でいらっしゃるので」

伊河は愉快そうに、

「もう勝手に上り込んだりはしないよ。約束する」

「そうお願いできれば助かります」

どうやら、まだナターシャのことは知らないのだ。

悠季は少し安堵した。そして、

「なぜナターシャを捜してらっしゃるのか、教えていただけませんか」

と訊いてみた。

「ナターシャはあんたを頼りにしてるようだな」

「よく、ファッションショーに出てもらっていますので。それにナターシャはまだモデルとしては若いですから」

「じゃ、知ってるか。ナターシャが若いタレントと親しいってことを」

「噂は聞いています」

と、慎重に答える。「岡部……何とかいう子ですよね」

「俺も聞いてる」

と、伊河は言った。「何だか頼りない、生っちろい奴だ」

「それは好みというものです」

と、悠季は言った。「あの子がどうかしましたか」

「ナターシャに惚れてるんだ」

伊河の言葉に、悠季はびっくりして、

「あなたがですか」

「馬鹿言え！　俺はあんなガキに興味はねえぞ」

「じゃ、誰が――」

「組長の坊っちゃんだ」

なるほど。――やっと少し事情が呑み込めた。

しかし、厄介なことには変りない。

「ナターシャはそのことを知ってるんですか？」

「もちろんだ」

では、あの柳本を殺したのは……。

まさか、とは思うが、訊く勇気はなかった。

「恋人だけは私がどう言っても……」

「分ってる。しかし、こっちとしちゃ、坊っちゃんに頼まれたら、いやとは言えねえ」

伊河も、あまり気は進まないようだった。

「そういう事情でしたか」

と、悠季は息をついた。「でも、ナターシャがどこへ行ったかまでは……」

「分ってる」

と、伊河は言った。「しかし、いざ本気で捜すとなれば、組の力は大したもんだぜ。

どこへ逃げ隠れしようと、必ず見付ける」

　おそらく、誇張ではないだろう。

「見付けてどうするんですか？　いやがってるものを強引に連れて行っても……」

「そこは俺にも分らん。まあ、昔と違って、組もそう乱暴なことはできない。しかし、中にゃ血の気の多い、時代遅れな奴もいるからな」

「ナターシャに危害を加えないと約束して下さい。でないとお力にはなれません」

「それはナターシャ次第だ」

　と、伊河は言って、「――ああ、娘が風呂から上ったようだ。じゃ、よろしく頼むぜ」

「お約束は――」

「分ってる」

　電話は切れた。切れる寸前に、女の子が何か歌っているのが聞こえて、伊河が、

「何だ、その格好は」

　と、文句をつけているのが、チラッと耳に入って来た。

　悠季は受話器を置いて、

「これは大変だわ……」

　と呟（つぶや）いた。

詳しいことはナターシャから直接聞くしかないが、どんなきっかけで、その「組長の坊っちゃん」とやらに惚れられたものか。

悠季も、この業界でのし上って来る途中、多少はその手の人間とつながりができたこともあるが、決して深入りはしなかった。

あの、目の前で射殺された二人のことを、忘れてはいない。あんなことにはなりたくなかった……。

しかし、すでに柳本が殺されている。

伊河が係っているかどうかは分らないが。

悠季は自分で日本茶を淹れて飲んだ。――コーヒーもいいが、上等な日本茶が一番だ。

「ナターシャ……」

柳本、岡部伴之、そして「組長の坊っちゃん」……。

「どうしてそんなにもてるの?」

と、いささかやっかみながら、悠季は呟いたのだった……。

「何だ、その格好は」

受話器を置いて、伊河健は娘に文句を言った。

「お父さんの前だもん、いいじゃないの」

娘のエリカは、バスタオルで濡れた髪を拭きながら、居間へ入って来た。パジャマの上だけ着て、スラリと長い脚はつややかに光っている。

「もう子供じゃないんだぞ。ちっとは気を付けろ」

と、伊河は眉をひそめた。

「お父さんだって。ズボンの前、開いてるよ」

あわてて見下ろして、

「からかいやがって！」

「ハハ」

エリカは笑って、「十六歳の娘を見てると感じる、、？」

「馬鹿言え。誰がお前みたいな――」

と言いかけて、「ま、母さんに似たとこだけは可愛いがな」

「照れてる！　お父さん、可愛い！」

「全く……。本気で相手なんかしてられねえな」

と、伊河は言った。「試験は終ったのか」

「とっくだよ」

「そうか。――夜遊びはやめろよ」

伊河は立ち上って、「さて、俺も風呂へ入るか」

「お父さん」

「何だ」

「今、電話で話してた相手、女の人?」

伊河は面食らって、

「それがどうした。どうして女だと?」

「話し方が、いつも若い人としゃべってるときと全然違う」

「そうか?」

「彼女?」

「梓ゆきだ」

「――嘘」

「本当だ」

「凄い! 代ってくれりゃ良かったのに」

「仕事の話だ」

「今度紹介してよ。ね?」

「向うは忙しいんだ」

「お父さんと話すより、私としゃべる方がいいと思うな。それとも――梓ゆきさんに惚れたの？」

「いい加減にしろ！」

伊河は居間を出て、寝室へ向った。

「——全く、口の減らない奴だ」

着替えを出して、風呂に入る仕度をする。

妻を亡くして八年。——エリカは母を失ったとき、八歳だった。

今、十六歳。もう身長は母親以上だし、この一年ほどで、伊河もドキッとするほど、女っぽい体つきになっている。

——風呂に入ろうとして、

「お湯を抜くなと言っただろう！」

と、伊河は怒鳴った。

——エリカは、父の声が聞こえないふりをした。

またお湯を入れている。

エリカは居間のソファに引っくり返って、TVのリモコンを手に取った。

もうじき……。もうじき、お母さんの命日だ。

もう八年。——父と二人の暮しも、すっかり慣れた。

もちろん、父の仕事が好きなわけじゃないが、今さら文句を言っても仕方ない。

ケータイが鳴った。

「もしもし。——あ、浩子。——うん、もうお風呂から出た。——明日ね、分ってる。——天気？　どうかなあ」

自分の部屋へと歩いて行きながら、「そうだね。着て行くものとか……。今、降ってる？」

自分の部屋へ入ると、エリカは窓へ寄ってカーテンを開けた。

「今は降ってないね。でも曇ってるみたい……」

友だちと、明日の休日、出かけることにしている。

エリカは表を見て、ふと下の路上に目を落とした。

マンションの四階である。エリカの部屋から表の通りが見下ろせる。

マンションの向い側に、男が二人立っていた。こっちを見上げているような気がした。

すると、車が一台やって来て、マンションの前に停った。その車に、二人の男が駆け寄って、何か話している。

車から男が二人降りて来た。そして、待っていた二人と一緒にマンションへ入って来たようだ。

「ごめん、浩子。後でかける」

と、通話を切ると、エリカは風呂場へと駆けて行った。

ドアを開けると、伊河が湯舟に入ったところで、

「おい、何だ？」

「妙な男たちが四人、入って来た」

と、エリカは言った。「二人はこっちを見張ってたらしい」

「四人？」

伊河は急いで上ると、「すぐ上の階へ行け！　何があっても戻って来るな！」

と、裸の上にバスローブを着た。

「一緒に行こうよ。お父さんまで死んじゃったら困るよ」

伊河はエリカを見て、

「分った。急げ！」

素早くキーホルダーをつかんで、その格好のまま部屋を出て、鍵をかけた。

「エレベーター、上って来る」

「階段だ。駐車場まで下りるぞ」

と、伊河はエリカの腕を取った。

「急げ！」

二人は非常階段を駆け下りた。

エレベーターが四階で停り、扉の開く音がした。

地下二階まで下りると、駐車場へのドアをそっと開ける。

「――ここにはいない。車に乗れ」

伊河は自分の車に乗り込み、エリカが助手席につくと、すぐ車を出した。

「――あの音」

と、エリカが言った。

「銃声だ」

車は表へ出ると、一気にスピードを上げてマンションから離れた。

6　長い夜

そうすぐには起きなかっただろう。

いくら悠季が若くて元気でも、これほど大変なことがあった後は、くたびれている。

しかし、何度もチャイムが鳴らされると、起きざるを得ない。

「——何なのよ」

と、ブツクサ言いつつ、ソファから起き上った。

夜中の二時を回っている。

こんな時間に誰だろう？

下のロビーのインタホンにはTVカメラが付いている。

それを見て、悠季は首をかしげた。誰もいない。

誰かが酔って帰って、間違ってこの部屋の番号を押したのか。——悠季は大欠伸(おおあくび)して、

「ぶっ飛ばすぞ」

と呟いた。

ソファへ戻って寝ようとすると、何か音がした。足を止めて振り向く。

ここの玄関のドアを、誰かが叩いている。

トントン。――トントン、と、小さくではあるが、確かにノックの音だ。

悠季はそっと玄関へ出て行くと、サンダルをはいてドアに近付いた。

「開けてくれ」

と、男の声がした。

「――どなた?」

「伊河だ」

悠季は息を呑んだ。

「――どういうつもりですか! 警察を呼びますよ!」

と、強い口調で言った。

「申し訳ない。急なことで。――ナターシャの件じゃないのだ」

「え?」

「中には入らない。ともかく、開けてくれないか」

悠季はチラッと部屋の中へ目をやった。

こんな押し問答をしていて、ナターシャが起きて来たら大変だ!

「分りました。玄関の中だけですよ」

「それでいい」

悠季だってパジャマ姿だが、仕方ない。

鍵とチェーンを外し、ドアを開けた。

「こんな時間に申し訳ない」

立っている伊河を見て、悠季は面食らった。

バスローブを着て、裸足だ。

「どうしたんですか」

悠季が呆れていると、伊河の後ろから女の子がそっと顔を出した。

「娘のエリカだ」

と、伊河は言った。「――おい、梓ゆきさんだ。挨拶しろ」

「エリカです。――本物だ！」

と、目を丸くしている。

「あの……」

悠季は、エリカがパジャマの上だけ着て、脚がむき出しなのを見ると、「ともかく入って。――上って下さい」

と言わざるを得なかった。

「すまんね。いいかな、上らせてもらって」

「仕方ないでしょ、そんな格好で。——風邪ひきますよ」

「いや……。裸足で車を運転して来たんで、汚れてる。俺はここでいい」

「待って下さい」

悠季はバスルームへ行って、ウエットティシューのケースを持って来た。

「これで足を拭いて。——上って下さい」

「すまん」

伊河が足の裏を拭こうとするのを見て、悠季はあわてて目をそらし、

「裸なんですか、その下」

「風呂へ入ってるとき、襲われそうになってね」

「それで逃げ出したんですか？」

「俺はともかく、この子まで巻き添えにしては可哀そうだからな」

「お父さんだって、死なれちゃ困るわよ。もうお母さんいないのに」

「エリカさん、だっけ？　その格好じゃ寒いわね。——さ、ソファに座ってて。着る物を持って来てあげる」

悠季は寝室へ入って、ナターシャの様子を見た。——ぐっすり眠っている。

この分なら、起きて来ることはないだろう。

ともかくトレーナーを出して、それを居間に持って行く。

「エリカさん、これを着て。私のだけど、入るでしょ」

「すみません！　梓ゆきさんのだ！　凄い！」

「伊河さんのは……。男物なんてないんですよ。そういう彼氏がいないので」

「俺はいい」

と言うなり、伊河は派手にクシャミをした。

「何か……」

と、悠季は頭をかいて、「――そうだ」

クローゼットから、派手な赤のガウンを持って来た。

「これ、もらい物で、着たことないんです。シルクだから暖いですよ」

「この真赤なのを？」

「それで外歩くわけじゃないんだから」

と、エリカに言われて、伊河は仕方なくそのガウンを着た。

「ボクサーやレスラーなら、もっと派手なの着ますよ」

と、悠季は言って、笑いをこらえた。「何か温いもの、飲みますか？　ココアでも？」

「すみません」

「ちょっと待ってね。――お父さんの方は?」

「酒があれば……」

「アルコールは置いてません」

と、悠季は言った……。


「甘い飲み物も、たまにゃいいもんだな」

娘と一緒に熱いココアを飲みながら、伊河は言った。

「――襲った人は誰だか分ってるんですか?」

と、悠季は訊いた。

伊河はチラッとエリカの方を見たが、

「今さら隠しても仕方がない。この子も父親の仕事についちゃ分ってる」

と言って、ココアを飲み干すと、「今、うちの組織は大変なことになっていてね」

「はあ……」

「社長――要するに組長のことだが、体を悪くして寝込んでる」

「遊び過ぎでしょ」

「おい、エリカ」

「いつか、お父さん、酔っ払って帰って来て、ブツブツこぼしてたよ」

「身内の情報局は強いわね」

と、悠季は微笑んだ。

「全く……。まあ、医者の忠告に耳を貸さんで、酒だ女だとやりまくったせいだ。それはともかく、たぶん再起不能だと言われて、うちはガタガタになっちまった」

「後継者争いですか」

「早い話がそうだが、坊っちゃんをかついで継がせようという連中と、この機会に組を手に入れようと狙うのと、分裂しているんだ」

「あなたは当然、『坊っちゃん派』なんですね？」

「いや、俺は中立だ。まあ――社長から坊っちゃんのことを頼まれているから、色々駆け回っちゃいるが……」

「でも、その坊っちゃんが継げないんじゃ困るでしょう」

「それはそうだが……」

と、伊河は難しい顔になって、「坊っちゃんに継がせようとしてる連中は、ともかく坊っちゃんを名目だけの社長でいさせておいて、自分たちで好き勝手をしようと狙ってる。俺からすりゃ、腹が立つんだ」

「はあ……」

「といって、完全に乗っ取られたら、それこそ坊っちゃんはどうなるか分らん。消されるだろうな、たぶん」

「生きてるだけで、かつぎ出す名目になりますものね」

「そういうことだ」

「どんな時代でも、同じようなことをくり返してるんですね」

と、悠季は半ば呆れて、「でも、それじゃ誰があなたの命を?」

伊河は、ちょっとためらってから、

「たぶん——坊っちゃんだ」

「はあ?」

悠季が目を丸くする。エリカの方もびっくりして、

「何よ、それって?」

「坊っちゃんを言いなりにさせたい連中が、色々坊っちゃんの耳に吹き込んでるんだ。俺がわざとナターシャを隠してるとか、社長を見限って、坊っちゃんを相手に売る気だとか……」

「それにしたって……」

「困ったもんだが、小さいころから、周りにいつもほめられたり、お世辞を言われて育って来た坊っちゃんだ。自分に都合のいいことを言って来る人間をコロッと信じちまう」

「で、あなたの命を？」

「消せ、とは言わなかっただろう。ただ、『あいつは邪魔ですから、黙らせといた方が』と言われて、ウンと肯いたんだろうな」

「邪魔なあなたを殺す口実になった、ってわけですね。——馬鹿らしい！　そんな坊っちゃん、守ってあげる必要ないじゃありませんか」

　エリカも腹を立てて、

「そうだよ！　どうなっても放っときゃいいじゃない」

「そうはいかない。社長に『息子をくれぐれも頼む』と言われてる」

　悠季は、ちょっと考えて、

「でも、これで坊っちゃんが考えを変えるとは思えないでしょ？　だったら、あなたの気持はともかく、また命を狙われることだって……」

と、悠季は言って、「ナターシャどころじゃないでしょ、そんなときに」

「まあな……。しかし、抗争は抗争、恋は恋だ」

伊河が「恋」などと口にすると、妙にユーモラスで、悠季は笑いそうになって困った。

　笑いごとではないのだ。

「——これからどうするの？」

と、エリカは言った。「私、学校だってあるし……」

「馬鹿、死んじまってから学校へ行くつもりか」

「そんなこと言ったって……」

と、エリカはふくれっつらになって、「ケータイ持って来たけど、制服も鞄もなしじゃ……」

「ケータイが命の次に大切らしいな、お前には」

と、伊河が苦笑する。

「それは、あなた方がピストルを持ってると安心するのと同じじゃありませんか?」

と、悠季は言った。「ケータイの方が、まだ人を殺せないだけましですよ」

「そうだ!」

と、エリカが拍手をした。

「俺が、ともかく話をつけて来る。一日二日で済むから、それまでは学校へ行くのを待て」

伊河はそう言ってから、「あんたに頼みがある」

と、改って悠季の方を向いた。

「何でしょう」

「俺が戻るまで、この娘を預かってもらえんか。連れて歩くわけにいかないんでな」

「お父さん――」

「お前は黙ってろ」

「伊河さん。お預りするといっても、私には……」

「あんたに迷惑はかけない。他に連れて行く所がないんだ」

「お父さん！　自分はどうするの？」

「何とか事態を治める。――これまでも、何度も危い目にはあってる」

「もし、お父さんが殺されたら？　私、どうしたらいいの？」

父親をにらんだ目に涙が光っていた。

「そんなこと言っても、仕方ないだろう！　ともかく何とか今の状況を切り抜けないと」

「二人で逃げようよ。どこか遠くへさ」

「逃げる？」

「そうだよ。二人だけ食べてくなら、何とかなるよ。ホームレスになって、公園で暮したっていい。私、コンビニで期限切れのお弁当もらって来るから」

「エリカ……」

「死んじまうよりいいよ！　生きてるだけでいいよ」

エリカは大粒の涙をポロッとこぼした。

悠季は、その想いに打たれた。

「――伊河さん。命を捨てに行くのは、馬鹿げてますよ」

「しかし――」

「ともかく、今の状況をつかむことです。エリカさんのケータイで、誰か信用できる人にかけて、様子を聞くんです。大丈夫そうなら、出て行けばいい。エリカさんは、あなたが戻るまで、預かります」

「ありがとう……。俺は……」

と、伊河が言いかけると、

「――どうしたの?」

と、声がした。

居間の入口に、ナターシャがぼんやりした顔で立っていた……。

「あ……」

と、エリカが目を丸くして、「ナターシャさんだ」

「誰?」

ナターシャは、目が覚め切っていない様子で、エリカと、真赤なガウンをはおった、この珍妙な父親を眺めていた。

まさか、ナターシャが起きて来るとは思わなかった悠季は焦った。

「ね、ナターシャ、あなたは寝てて」

「おい！」

と、伊河が顔を真赤にして、「隠してやがったんだな！」

ナターシャも、やっと気付いたらしい。

「あ！　ヤクザの……」

と、青ざめて立ちつくす。

「待って！」

悠季はパッと立ち上った。「伊河さん。あなた、さっきここの玄関に立ったとき、何て言いました？　『ナターシャの件じゃない』『中には入らない』と言ったでしょう。もし中に入ってなければ、ここでナターシャを見付けることもなかったはずです」

「だから何だって言うんだ」

「今、あなたはナターシャを見ていない。それが筋ってものじゃありませんか」

伊河は呆れた様子で悠季を眺めていた。

「――悠季さんの言う通りだよ」

と、エリカが言った。「本当なら、私のことなんか預かる義理ないんだよ、悠季さんには。それを預かってくれると言ってくれた。ナターシャさんのことだって、命がけで匿(かくま)ってるんだよ。お父さん、恩を仇(あだ)で返すの？」

伊河は今度は娘の方を呆然として眺めた。

悠季はナターシャの方へ歩み寄ると、自分の後ろへ隠し、

「エリカさんの言葉が正しい。そう思いませんか?」

と、伊河へ言った。

伊河は、悠季とエリカを交互に見て、

「俺が呆れたのは……」

と、ため息をつく。「エリカが、『恩を仇で返す』なんて言い回しを、どこで憶えたのかと思ったからだ」

「お父さん――」

「分った。俺は忘れることにする。今見たもののことはな。エリカのことはよろしく頼む」

「承知しました」

悠季はホッとして、「このマンションには私の母も住んでいます。そっちへ預けた方が安全かもしれません」

「任せる」

伊河は肯いて、「しかし、あんたは大した人だな」

「お父さんより度胸あるね」

「言い過ぎだ」

と、伊河はふてくされた。

「あの……どういうことになってるの？」

と、ナターシャがおずおずと言った。「それと――どうして、あの人、真赤なガウンなんか着てるの？」

「ナターシャ」

悠季はナターシャの肩を叩いて、「話すと長くなって、眠れなくなるから、今は黙ってベッドへ戻りなさい」

「はい……。これって夢じゃないのよね」

と呟いて首をひねりつつ、ナターシャは大欠伸して、寝室へと戻って行った。

「――若いって、いいわね」

と、悠季は言った。「あ、そういえば……」

「まだ何かあるのか？」

と伊河が言う。

「今夜はどうやって寝ようかしら」

悠季は、そのことを全く考えていなかった。

「ベッドはナターシャに占拠されてるし、このソファは一人しか寝られない……」

「俺は床でいい。留置場よりゃずっとましだ」

「エリカちゃん、ソファで寝て。十六の女の子を床に寝かせるわけにはいかないわ」

「でも、悠季さんは？」

「そうねえ……。床しかないか」

「一緒に寝てやってもいいぜ。暖かいぞ」

「ご辞退します」

と、悠季は即座に言って、「あなたはこの居間の床。私は寝室の床に寝ます」

ここに住んでるのは私なのに！

悠季は内心嘆いたが、ともかくナターシャをかばい通せたことで満足するしかなかったのである……。

それでも、寝るまでには時間がかかった。

伊河もエリカも、あんな状態で逃げて来たので、

「もう一回、お風呂に入っていい？」

エリカにそう言われたら、悠季もだめとは言えない。エリカはついでに、

「お父さんも入れてもらいなよ」

と言った。

好きにしてくれ。——悠季はそう言いたい気分だった……。

エリカが先に入って、伊河はブツブツ言いながら、浴室へ入って行った。

「お父さん、お風呂が大好きなの」

と、エリカは笑顔で、「本当はホッとしてるわ、きっと」

「男ものの下着ないから、明日買って来るわ」

と、悠季は言った。「毛布、床に敷くの、手伝って」

「はい」

ありったけの毛布やタオルケットを引張り出して、とりあえず寝床を確保した。

「——大変ね、エリカちゃんも」

と、悠季が言うと、

「お母さんが死んだとき、お父さんを恨んだけど……」

「いつのこと？」

「八年前。——お父さんと一緒にいて、撃たれたの。弾丸がそれてお母さんの胸に……」

「まあ……」

「お父さんのせいで、お母さんは死んだ。——そう思って、お父さんと口もきかなくなった」

「そう」

「でも――お父さんの方が、すっかり参っちゃって。放っといたら、お父さんまで死んじゃいそうだったの。それで、私が仕方なく、色々心配かけてやった」

「心配かけて？」

「わざと一晩帰らなかったり、学校サボッたり……。お父さん、自分がしっかりしなきゃ、と思ったみたい」

「利口ね、エリカちゃん」

「でも、本当なら、あんな世界から足を洗ってほしかった。お父さんも一度はそう言ってくれたけど……。でも、やっぱり長年いた場所からは抜け出せなかった」

「それは難しいわね」

と、悠季は肯いた。「でも、今度のことでお父さんも考え直すかもしれないわ」

「だといいんだけど……」

と、エリカは言った。「悠季さん、お父さんと結婚する気ない？」

訊かれてびっくり、

「私、とても無理」

「でしょうね」

と、エリカはため息をついた。

「ともかく寝て。――私もお先にやすむわ。明日も出社しないといけないのよ」

「はい。おやすみなさい」

エリカは素直にソファに寝た。

こんなにいい娘がいるのに……。

悠季は寝室へ行って、床の毛布の上に寝た。

「とんでもない夜だったわ」

と呟くと、悠季は目を閉じた……。

7　混乱

「一体、何なんですか？」

と、梅沢綾子は、悠季がドアを開けるなり文句を言った。

「おはよう」

と、悠季は言った。「どうしたの？」

「どうもこうも……」

綾子は、悠季のマンションへ呼ばれて来たのである。

「来る途中で、ちょっと買物して来て」

と、悠季は頼んだのだったが……。

「男の着るもの、一揃い、だなんて」

と、綾子は大きな紙袋を両手にさげて言った。「それもパンツから全部！　男の人を裸で連れ込んだんですか？」

「そうじゃないけど――」

「そりゃ、泊めてから裸にするのは分りますけど、脱がせたものはどうしたんですか?」

「ともかく上って」

「はい。――あと、十六歳の女の子のものって言いましたね」

「そうなの」

朝食のテーブルが見える所まで来て、綾子は足を止めた。

真赤なガウンの伊河と、トレーナー姿のエリカが、トーストをかじっている。

「この人、私の秘書の梅沢綾子さん」

と、悠季は紹介した。「この人のことは信用して大丈夫」

「この人たちの服ですか」

「そうなの。――伊河さんの下着もありますよ」

「そりゃすまん。俺はあのブリーフって奴が苦手で……」

「ぜいたく言わないの」

と、エリカがつつく。

「どうぞよろしく」

と、綾子は一礼して、「先生、これが朝食ですか? トーストだけ? せめてハムエッグぐらい作れないんですか?」

「だって、卵ないの」

「買って来ます！」

と、綾子は言った。「先生の所に泊って、朝、ろくなものが食べられなかったなんて言われたら、秘書の恥です！」

「綾子さん――」

綾子はさっさと行ってしまった。

「――面白い人ね」

と、エリカが言った。

三十分後には、綾子が作ったハムエッグがテーブルに並んだ。

「――先生を変なことに巻き込まないで下さい」

事情を聞いた綾子は、コーヒーを注ぎながら言った。

「早く出て行くようにする」

と、伊河は言った。

「当然です」

「綾子さん……」

「でも、先生が引き受けたことは、お手伝いします。――これからどうするんですか？」

「ともかく、坊っちゃんと会って、誤解をといてもらう」

と、伊河は言った。

「殺されるよ！」

「大丈夫さ」

「甘いですね」

と、綾子は言った。

「ちょっと……。食べ終ってから相談しない？」

と、悠季は言った……。

やっと朝食に専念し始めたところへ、

「私も……お腹空いた」

ナターシャが立っていたのである。

綾子がすぐに立って、

「ちょっと待って！　すぐ作ってあげる」

「ごめんなさいね」

ナターシャはまだパジャマ姿だった。

「眠れた？」

と、悠季が訊く。

「はい、しっかり」

と、ナターシャは微笑んだ。「あの——ゆうべのこと、夢かと思ってたんですけど、本当だったんですね」

ナターシャは伊河とエリカを見て言った。

「でも、ゆうべは何だか変なもの着てませんでした?」

「他になかったんだ」

と、伊河が言いわけした。

父と娘は、綾子の買って来たものに着替えている。

「さ、座って」

と、綾子はハムエッグの皿を置いて、ナターシャを席につかせる。「あなたは紅茶ね」

「はい……」

ともかく、朝食をせっせと食べている間は食卓も静かだった。

「——あれ? 私のケータイ」

と、エリカが言って、ケータイを手に取る。

「知らない番号だな」

「エリカさん、番号、お父さんに見せて」

と、悠季は言った。「伊河さん、見覚えは？」

エリカのケータイを覗(のぞ)き見た伊河の顔が少し固くなった。

「坊っちゃんからだ」

「どうして私のケータイ番号……」

「ともかく出る」

「お父さん、放っとけば？」

「そうはいかん」

伊河はエリカのケータイを手に取ると、

「――もしもし」

と出て言った。「――はあ。――よく分っています」

ナターシャが不安げに伊河を見ていた。

「むろんです。――はい。――実は今、東京を離れておりまして」

と、伊河は言った。「娘の安全を考えまして。――はい、明日には戻ります」

悠季は、伊河の表情をじっと見ていた。

伊河の顔に浮んだのは、「失望」のように見えた。

「――もちろんです。――はい、ご連絡します」

伊河は通話を切ると、ケータイをエリカに返した。

「お父さん……」

伊河はふっと疲れたように息を吐いて、

「——坊っちゃんは、ゆうべのことを笑って話してた。『ちょっとせっかちな奴がいてさ』と……」

「二人とも殺されてたかもしれないのに」

「ああ。——俺もがっかりした」

「伊河さん。東京を離れてる、と言ったのは、時間を稼ぐためですね」

と、悠季は言った。

「坊っちゃんに会いに行けば、まず間違いなく殺されるな」

「分ってるなら、行くことないよ！」

「お前を何とか安全な所にやりたい。——その上でなら、俺は諦める」

「いやだよ！」

と、エリカは叫ぶように言った。

「エリカ。——こういう商売なんだ。すまないと思うが、俺の言うことを聞いてくれ」

「お父さん……」

「俺と一緒に逃げるなんてことになったら、それこそ何年も日本中を転々としなきゃならない。お前には学校があるし、友だちもいる」

「でも――私だけ残って、どうやって暮してくの？」

「当分やっていけるくらいの貯金はある。俺は何とか稼いで食べていける」

「だけど――私が安全だって保証はあるの？」

エリカにそう訊かれると、伊河は詰った。

「――伊河さん」

と、悠季は言った。「エリカさんの言う通りだわ。あなたを見付けるために、エリカさんを人質に取るくらいのこと、するんじゃありませんか？」

伊河は黙って腕組みをすると、少し間を置いて、

「確かに」

と、肯いた。「あの坊っちゃんは、自分で体を張って戦ったりしたことがない。人を殺すことを何とも思ってないんだ。その代り、自分じゃ手を下さないがね」

「卑怯者！」

と、エリカが言った。

「しかし、現実問題として、やはり道は一つしかない」

「というと……」

「俺が坊っちゃんの所へ出向いて、殺される前にエリカにだけは手を出さないでくれ、と頼む」

「やめてよ!」

と、エリカが立ち上って、「お父さんが殺されるのもいやだけど、そんな奴に頭下げて頼むなんて、もっといやだ!」

「しかし、他に手はない」

「伊河さん。そうしても、本当にエリカさんが安全とは限らないでしょ」

「それはそうだが……」

「警察へ行ったらどうですか?」

と、梅沢綾子が言った。「保護してくれるんじゃないですか?」

「それはできない」

「どうして?」

「俺にも——誇りがある。警察へ『助けてくれ』なんて駆け込めやしない」

「でも……」

「それに、もし保護するとなれば、交換条件として色々要求される。俺は裏切り者にはなりたくない」

悠季にも、伊河の気持は分った。

「警察だって安全じゃないぜ」

と、伊河は付け加えた。「組から金をもらってる刑事は何人もいる。留置場や刑務所の中でだって、殺されることはある」

「死ぬことばっかり言わないで」

と言うと、エリカはトーストにかみついた。

「――そうですよ」

と、悠季は言った。「生きることを考えないと。よく考えれば、何か方法はあるはずです」

「全くだな」

伊河は肩をすくめて、「つい、どうも浪花節になっちまう。古いんだな、俺は」

伊河はまた食べ始めた。

誰もが、しばらくは食べることに専念した。

「――『坊っちゃん』って、何て名前なんですか？」

と、綾子が訊いた。

「名前か？　今村正実というんだ」

「一応ちゃんと名前あるんだ」

綾子が妙な感心の仕方をするので、みんなが笑った。

「――今村正実っていうの」

と、ナターシャがポツリと言った。「知らなかった、名前」

「ナターシャのことも考えないとね」

と、悠季が言うと、綾子が顔をしかめて、

「先生の本業はデザイナーですよ！　女ジェームズ・ボンドはやめて下さい」

「本当に、すっかり迷惑かけたな」

と、伊河は言った。「ごちそうさん。――ちょっと失礼」

と、席を立つ。

伊河がダイニングを出て行くと、

「――何かいい手はないかしら」

と、悠季はため息をついた。

「要は、そのしょうもない『坊っちゃん』を何とかすることですね」

と、綾子は言った。

「――エリカちゃん、どうしたの？」

悠季が訊いた。エリカが心ここにあらず、という風だったからだ。

「お父さん……変だ」

「え？」

「いちいち『失礼』なんて言ったことない」

悠季は綾子と顔を見合せた。

「――死ぬ気だわ」

悠季はパッと立ち上ると、駆け出した。

寝室へ駆け込むと、椅子に乗った伊河が、必死でシーツを引き裂いている。

「何してるんですか！」

と、悠季が怒鳴ると、

「おい！　首吊るロープの一本ぐらいないのか！」

と、伊河が憤然として言った。

「やめて下さいよ！　このマンションに住めなくなっちゃうでしょ」

「お父さん！」

エリカたちもやって来て、伊河は諦めて椅子から下りた。

「――俺が死ぬしかないんだ」

と、伊河は言った。「殺される前に死ねば、もう殺されずにすむ」

「馬鹿言わないで！」

エリカが伊河の胸に飛び込んで行った。

悠季は首を振って、

「何とかして逃げる。それしかないわ」

「でも、先生……」

「手を貸して。これも乗りかかった船よ」

「船ならタイタニックですね、さしずめ」

と、綾子は言った。

エリカが、それを聞いてふき出した。

「変な連中だな」

と、伊河が苦笑する。

「待って」

と、悠季が言った。「今、組織が二つに割れてるんでしょ?」

「それがどうした?」

「その状況を利用するのよ」

悠季も、そう言いながら、自分が何を言おうとしているのか、分っていなかった。

「ともかく、先生は大勢スタッフを抱えてらっしゃるんです」

と、綾子は言った。「ちゃんと仕事をして下さい! 今は大事なときなんですから」

「でも、人の命には――」

「換えられます!」

と、綾子が言うと、誰も反対できない雰囲気だった。

「そんな無茶言わないで」

「ここにいれば、取りあえず安全ですよ」

と、綾子は言って、「伊河さんもナターシャも、今日先生が帰って来るまで、ここでおとなしくしてること！　分った？」

伊河、エリカ、ナターシャの三人は、綾子の迫力に黙って肯くだけだった。

「じゃ、先生、仕事に行きましょう」

「あなたにはかなわない」

と、悠季は苦笑した。

「どっちのセリフですか」

と言って、綾子はふと、「伊河さん。ここへは車で？」

「ああ」

「その車はどこですか」

「車か……。このマンションの裏手に停めたが……」

「見付かったらどうするんです！　キーを貸して下さい！」

「すまん」

伊河があわててキーを取り出す。

「車のナンバーは？」

綾子がメモを取って、「ともかく、どこか目に付かない所に入れないと」

「でも、どこに？」

と、悠季が言った。

「そうですね……。いっそ海にでも沈めましょうか」

「本気？」

「でも、却って目立ちますかね」

どう見ても綾子は本気だった。「お二人の死体が上らないと、やっぱり敵は捜すでしょうし」

伊河もエリカも無言だった。

「火をつけて燃やしたら、やっぱり騒ぎになりますよね……。じゃ、どうでしょう。一一〇番して、違法駐車ってことでレッカー車で持ってってもらうって」

「ああ……。なるほどね」

「車はもう向うにばれてるんでしょ？　だったらもう乗れないわけですもの。しばらく警察で預かってもらいましょ」

エリカが父親を見て、

「お父さん」

「何だ」

「この人に、『坊っちゃん』の代りにボスになってもらったら？」

8　駆け込み

「こんなときに仕事なんかできないわよ……」

と、悠季はブツブツ言いながら、綾子に引張られて「出勤」した。

そして、いつにも増して忙しい一日を、至って能率良くこなした。

交渉ごとや計算だけではない。頼まれていた注文服のデザインも、次々にアイデアが出て、何点も仕上げた。

「人間って妙なものね」

と、悠季は呟いた。

あれこれ、頭を悩ますことがあって、集中できないのに、こんなに波に乗って仕事がはかどるなんて！

もちろん、それには悠季を少しも休ませることなく、次から次へと仕事に駆り立てた綾子の力もあったのだが。

「この形が、今の時代には一番合ってると思うわ」

デザイン室で、アシスタントの女の子のデザイン画を見ると、悠季は軽く手を入れて、

「ここは少しふくらみを加えたら？　その分、こっちを引き締めて。ね？」

「そうですね！　やってみます」

まだデザイナーとしては「見習い」みたいなものだが、センスはいい。

江崎香子という二十一歳の娘は、どんな雑用でも骨惜しみせずに働く子だった。

「――先生」

と、綾子が急ぎ足でやって来た。

「どうしたの？」

「お客様です」

綾子の表情はこわばっていた。

「どなた？」

と、一緒に歩き出しながら訊く。

「今村正実」

「今村って――」

「例の『坊っちゃん』です」

「まあ」

考える間もなかった。

悠季は応接室へ入って行った。

ヒョロリと長身の青年が振り向くと、

「あんたが梓ゆきか」

「はい、そうです。どういうご用件で――」

「ナターシャを出せ」

と、今村正実は遮(さえぎ)って言った。

悠季はじっと正実の目を見返した。

「ともかく、おかけ下さい」

と言って、「――綾子さん、お茶を。それとも、コーヒーがよろしいですか?」

「いらねえ」

と言って、正実は渋々ソファに座ると、「じゃ、カフェオレだ」

「ただいま」

綾子が一礼して出て行く。

「――言っとくがな」

と、正実は続けて、「俺は一人じゃない。手下が大勢下の車で待ってる。俺がひと言命令すりゃ、このビルの中なんか、粉々にしちまうぜ」

悠季は、今村正実をゆっくりと眺めた。

確か二十七といったが、見たところはもう四十ぐらいの「中年」というイメージ。

「失礼ですけど」

と、悠季は言った。「どこかお体の具合が良くないのでは？」

「何だと？」

「お顔の色がすぐれませんが」

「大きなお世話だ！」

と、正実はムッとしたように言ったが、そう怒っているようでもないのは、自分も具合が良くないと気付いているからだろう。

「ナターシャのことですが、確かにうちのモデルをしてもらっています。でも、あくまで仕事上のお付合いだけで、それ以外のことは……」

「知らないって言うのか？　しかし、ナターシャが頼れるのは、お前だけだと聞いた」

「そんな……。個人的な生活についてまで、私は知りません」

「でたらめ言いやがると――」

と、正実はケータイを取り出した。

「待って下さい。ここをぶち壊したって、ナターシャは見付かりませんよ」

と、悠季はあわてて言った。

綾子がカフェオレを運んで来て、正実の前に置く。

「お砂糖は……」

「いらねえ」

と言うと、正実はガブッと飲んで、「――甘くねえぞ！」

「ですからお砂糖を――」

「人を馬鹿にしやがって！」

正実はカフェオレのカップを床へ放り投げた。カップが砕ける。

そして――思いもかけないことが起った。

正実は頭を両手で抱えると、呻くような声を上げて、床に突っ伏してしまったのだ。

悠季と綾子は、啞然として顔を見合せた。

「――綾子さん、何かカフェオレに入れたの？」

「まさか！　毒薬なんて持って歩いてませんよ」

「でも――」

正実が床をのたうち回って、

「頭が痛い！――助けてくれ！」

と叫んだ。

「これって——脳出血ですよ！」

と、綾子が言った。「救急車を呼びましょう！」

「じゃ、急いで！」

悠季は、正実を抱き起すと、「今すぐ救急車が来ますからね！」

と、大声で言った。

「痛い！——何とかしてくれ！」

正実は泣き出していた。そして、悠季に必死の様子でしがみついて来たのである。

「あの……ちょっと！　そんなに腕つかまないで！——痛いですよ、爪(つめ)立てると！」

しかし、正実には全く聞こえていない。

大きな図体で、悠季にすがりついて泣くばかりだったのである。

「どうなってるのよ！」

と、悠季は嘆いた。

「——先生、今救急車が来ます」

と、綾子が駆けて来た。

「そう……。この人、何とかして！」

しかし、正実は悠季にしっかり抱きついて離さないのである。

その内、救急車が来て、担架を抱えて白衣の隊員がやって来たが、担架に乗せようとしても正実は悠季にしがみついて離れない。

正に悠季の服も破れかねない力だった。

「仕方ない。一緒に来て下さい」

「一緒にって……。この状態で？」

「両側から抱えますから」

「だって……」

悠季は、正実と抱き合っているかのような格好のまま、救急隊員に支えられて、ヨタヨタと進んで行った。

その間にも正実は、

「頭が割れる！　助けて！」

と泣き叫んでいる。

「こっちこそ、『助けて』よ！」

と、悠季は言いたかった。

ビルから出ると、正実の連れて来た子分たちが、困った様子でウロウロしていた。

「坊っちゃん！」

「坊っちゃんをどうするんだ！」

と、駆け寄って来る。

「脳出血してるのよ！」

と、悠季は怒鳴った。「邪魔してると、この人が死ぬわよ！」

正実の子分たちも、正実が頭の痛みに泣きながら悠季にしがみついているのを目の前にすると、どうしたらいいのか分らず、オロオロするばかり。

「早く救急車へ」

と、せかされて、

「ちょっと！——私も乗ってくんですか？」

と、悠季はあわてて、「仕事中なんです！　何とかこの人、離して下さい！」

「一刻も早く処置しないといけないんです」

と、救急隊員に救急車へ押し込まれてしまう。

「先生！」

追いかけて来た綾子が、「すぐ行きますから！　病院、分ったら教えて下さい！」

「分ったわ！」

と、怒鳴り返すのが精一杯。

とうとう、悠季は正実と抱き合ったまま、救急車で運ばれて行くはめになったのだった……。

「で、結局……」

「あのあと、一時間もよ！」

と、悠季は言った。「一時間も、あの『坊っちゃん』、私にしがみついてた」

それを聞いて、綾子はふき出してしまった。

「ちょっと！　何がおかしいのよ！」

「すみません。でも……やっぱりおかしいですよ」

と、綾子は首を振って、「それで、今は？」

「手術中」

と、悠季は言って、「何しろ、手術のための麻酔が効いて、やっと私の手を離したんだから！」

――悠季は、あの「組長の坊っちゃん」、今村正実が運び込まれた病院の喫茶にいた。

「全く！　どうなってるのよ」

と、やけになってコーヒーをガブ飲みすると、「もう一杯！」

「はい。買って来ます」

綾子は席を立って行った。

くも膜下出血。――今村正実は、一刻を争う状態で、緊急手術をすることになった。

しかし、救急車の中でも、この病院に着いてからも、正実はなぜか悠季にしがみついていたのだ。

MRIでの検査のときはさすがに離れたが、

「手を握っててくれ！」

と、正実に泣かれ、仕方なく悠季はずっと付き添うことになってしまった。

ともかく、手術室の中までは入れない。

悠季はやっと解放されて、綾子を呼んだのである。

「どうぞ」

綾子はコーヒーを悠季の前に置いて、「もしかすると、先生には『母性』があるのかもしれませんね」

「あんな息子、ほしくないわ」

と、悠季は言った。「オフィスの方は大丈夫だった？」

「子分たち、しばらくあの辺でウロウロしてましたけど、その内いなくなりました」

「良かった！」

と、悠季は安堵して、「オフィスをめちゃくちゃに荒らされたらかなわない！」

「その点ではラッキーでしたね」

と、綾子は言った。「まさか、あんな所で倒れるなんて……」

「本当ね。でも、これでナターシャのこととか、伊河さんたちのこととか、どうなっちゃうんだろ」

「見当つきませんね。少し様子を見るしかないですよ」

「そうね……。伊河さん、あの『坊っちゃん』が倒れたこと、知ってるの？」

「いえ、まだ言ってません。万一、ここへ駆けつけて来られたりしたら……」

「そりゃそうね。あの人ならやりかねない」

「古くさいタイプなんですね。今どき時代遅れの」

「それはそれで、個人の生き方だから、構やしないけどね」

「でも、それで命を落としたら、あのエリカって娘さんが可哀そう」

「そうね。母親を亡くしてるのに、この上父親まで……」

「でも、あの伊河さんの話だと、今村正実をかつぎ出そうってグループがあるって……。今度の入院で、どうなるか」

「そうね。父親も息子も倒れちゃったってことは、今なら誰でも組長になれるってことだもの」

「巻き込まれないようにしましょう」

と、綾子は言った。

「もう、これ以上物騒なことに係り合いたくないわ」

と、悠季はため息と共に言った。「あの馬鹿息子に握られてた手がまだ痛い」

――喫茶は結構見舞に来た家族などが来ていて、にぎやかだったのだが、そのとき、フッと妙な静けさが訪れた。

「――先生」

と、綾子が悠季の手をつついた。

入口の方へ背を向けていた悠季は、綾子の視線を追って振り返った。

入口に立っていたのは、どう見てもヤクザの男たち数人。そしてその中央に、パジャマの上にカーディガンをはおった、白髪の男が、ステッキを突いて立っている。

ヤクザの視線は、どう見ても悠季の方へ向いていた。

その白髪の男は、ステッキを突いて、一歩ずつゆっくりと足を引きずりながら悠季の方へやって来た。

「――梓ゆきというのはあんたかね」

と、男は言った。

「そうですけど……」

「私は……今村昌吉(しょうきち)という者だ」

「今村？」

「息子の正実が世話になったそうで、礼を言う」

正実の父親？　ではこれが「組長」なのか！

「いえ……。礼を言われるほどの……」

悠季もやや口ごもった。「あの……失礼ですが入院中とか……」

「この病院に入っておる」

ここに父親も入院してたのか！

しかし、今村昌吉というこの父親、一体いくつなのか、ひどく老けて、生気がない。息子が二十代なのだから、まだ六十過ぎくらいだろうが、見た目はもう七十代も後半か。それも、病気のせいなのだろう。

「正実が、あんたの所へ押しかけて行ったそうだな。申し訳ないことをした」

「いえ……。どういたしまして」

「一人息子で、つい甘やかして育ててしまった。私が先に倒れるとは思ってもいなかったのでな」

「はあ……。でも、ご心配ですね」

子分の一人が椅子を引いて、今村昌吉はゆっくり腰をおろすと、

「こういう所へ入ったからには、何か頼まなきゃ、店に悪い。——おい、俺にホットミルクだ」

「へえ」

「お前らも何か頼め。腹が空いてたら、何でも食っていい」

付き添って（?）来た子分たちは、カレーだのラーメンだのを頼んでいた。それ以外に食事のメニューがなかったのだ。

「子分と、病院の人間から話を聞いた。正実が無事ここへかつぎ込まれたのは、あんたのおかげだそうだな。ありがとう」

「いえ、そんなこと……。あれは痛いらしいですからね」

「今、手術中で、まだ大分かかるらしい」

「はあ……」

「正実は、あんたにずっと抱きしめられておったと聞いた。本当かね」

「いえ、あの……」

向うが抱きしめてたんです、と言おうとしたが、「こっちはいやだったんだ」と取られたら気を悪くされそうで、悠季は、「その……やっぱり、人間は助け合いですから。いずれ私も誰かに救われるかもしれませんし……」

「うん。確かにそうだ」

と、今村昌吉は肯いて、「人間は、いつもその気持を忘れてはいかんな」

いやに神妙なのは、やはり息子のことが心配なのは、世間の父親と変らないということなのだろうか。

「あの……」

　そろそろ失礼しようかと思って言いかけると、

「正実が目を覚ましたとき、あんたにいてもらいたいのだ」

「は？」

「あの子はあんたを母親のように思っとったのだろう。ぜひ、手術が終るまで、ここにいてやってくれ！」

　今村は頭を下げて、「この通りだ。――お願いする！」

　悠季は綾子と顔を見合せた。

9 天使

「先生……。先生」

つつかれて、悠季はハッと目を覚ますと、

「あ、デザイン、間に合った？」

と、大声で言っていた。

「先生、ここは病院ですよ」

「綾子さん……」

ソファで寝ていたのだ。——起き上ると頭を振って、

「ああ……。夢なら良かったのに」

と、ため息をつく。

「一旦オフィスへ戻って来ました」

と、綾子は言って、「この二つのデザイン、どっちにするか、今夜中に決めて下さい、って香子ちゃんに頼まれて来ました」

と、折りたたんだ二枚のスケッチを広げる。

「こんな所で選ぶの？」

「香子ちゃんが待ってるんです。徹夜で仕上げると言って」

「あーあ」

大欠伸して、悠季は二枚を見比べると、「うーん……。どっちも悪くないけど」

「香子ちゃん、才能ありますね」

「常識的に考えたら、こっちね。でも、今はとてもまともな状況じゃない！――もう一つの方にしましょ」

「分りました」

綾子がすぐにケータイで連絡する。

悠季は腕時計を見た。――三時間くらい眠っていたらしい。

「手術、どうなったの？」

「まだ終ってないそうです」

と、綾子は言った。

「本当に……。何で私がこんな所で手術の済むのを待ってなきゃいけないの？」

と、悠季はグチった。「――父親の方はどうしたかしら？」

今の組長、今村昌吉だ。この同じ病院に入院している。

「さあ……。子分が何人かついてるみたいですものね」

「何かあったら、病院の方だって迷惑ね」

悠季は立ち上って伸びをした。「あら……。あれって……」

病院の廊下を、キョロキョロしながらやって来たのは——。

「まあ、エリカちゃんだわ」

と、綾子が目を見開いた。

伊河エリカは、悠季たちを見付けて、ホッとしたように駆けて来た。

「良かった！　悠季さん、無事だったんですね」

「エリカちゃん！　こんな所に来たら危いわよ」

と、悠季は急いでエリカの手を引張って、廊下の奥の階段の方へ連れて行った。

「——どうしてここへ？」

「あの……事務所の人に聞いたんです。電話して。悠季さんが救急車で運ばれたって
……」

「まあ……間違いじゃないけど」

「それに、ヤクザが押しかけて来たって。あの『坊っちゃん』ですか？」

「ええ。今、手術中」

「え？」

――エリカは事情を聞いて啞然とした。

「だから、あなたがここにいたら危いの。お父さんは何してるの？」

「やけになって、お酒飲んで寝てます」

「何ですって？」

「父にとっちゃ、『坊っちゃん』が命を狙って来たってことが凄いショックなんです」

「それにしたって……。困ったわね！」

と、悠季はため息をついた。

そのとき、急に階段にドタドタと足音がした。

「――何かしら？」

こっちへ上って来る。

一人二人ではないし、医師や看護師とも思えない。悠季は危険を感じて、

「さっきのソファの所へ！」

と、エリカを押しやった。

「先生――」

「隠れて！　ソファの裏へ入るのよ！」

「狭いですよ」

「ソファを動かして！」

かなり無理だったが、ともかく何とか三人でソファの裏側へ潜り込んだ。

足音はこのフロアをやって来ると、

「組長の病室はどこだ？」

と、声がした。

「一つ上です」

「急げ」

バタバタと足音が遠ざかって行く。

「助かりましたね！」

と、綾子がホッとして体を起す。

「今の連中……」

「あの父親を狙って来たんですね、きっと」

「殺すつもりよ」

「私たちじゃ止められませんよ」

悠季は、ほんの数秒間、ためらった。

しかし、この数秒の間に今村昌吉は殺されているかもしれない。

悠季の脳裏によみがえったのは、あの少女時代の光景。——弾丸を浴びて倒れる有田充子の姿だった。

今村昌吉も同じように銃弾を浴びて血まみれになるのだろう。もちろん、それは悠季のせいではない。

しかし……。

「先生、どうしたんですか？」

「ライター、ある？」

「ライターですか。ええ……」

「貸して！」

綾子はタバコを喫わないが、客が火を欲しがったときのために持って歩いている。バッグからライターを出して渡すと、

「テーブルを、スプリンクラーの下へ！」

と、悠季が叫んだ。

ソファの前に置いてあったテーブルを天井のスプリンクラーの下へ二人で運ぶ。

悠季はテーブルに飛び乗ると、ライターの炎を出し、一杯に大きくして、スプリンクラーの下へ精一杯背伸びし、手を伸して近付けた。

「先生……」

綾子が呆然として見上げていると、エリカがテーブルに飛び乗り、

「私の上に乗って下さい！」

と、手をついた。

「ごめん！」

靴を脱いで、エリカの背中に乗ると、ライターの炎は、ほとんどスプリンクラーに触れるほどまで届いた。

一秒、二秒……。

院内に、けたたましくベルが鳴り渡ると同時に、スプリンクラーから水が噴き出した。

たちまち廊下が水煙で真白になる。

大騒ぎになった。

「――ありがとう」

悠季はテーブルから下りて、エリカへ言った。

「いいえ。でも――助かるかしら？」

そのとき、階段の方をドタドタと駆け下りて行く足音が聞こえて来た。

「あの連中ですよ、きっと」

「あの父親、殺されたのかしら……」

と、悠季はずぶ濡れになりながら言った。

見に行く勇気はなかった。

やがてスプリンクラーの水は止った。

「外には消防車が一杯」

と、エリカが言った。

「――何て説明する？」

と、悠季は言った。

「知りません。先生がやったんですよ」

「そんな冷たいこと言わないで」

「こんなに濡れてりゃ冷たいです」

深刻な状況ではあったが、何となく間の抜けたやりとりだった……。


「いや、良かった！」

院長が、悠季の手を握って、「おかげで入院患者が殺されずにすみました」

「いえ、まあ……」

と、悠季は引きつったような笑みを見せて、

「でも、ずいぶんご迷惑を――」

「患者を殺されることに比べれば！　何より名前が大切です」

「あの――手術中だった人は？」

「ああ、くも膜下出血の。大丈夫、無事終って、もう集中治療室です」

「そうですか……」

――でも、一体何をやったんだろう、私は？

ヤクザの組長の命を助けて、何になるの？

しかし、仕方ない。

あのときは、あの思い出に突き動かされていたのだ。

何発も銃弾を浴びて死んだ人間を、もう二度と見たくない、と思った。その一心での行動だった……。

「私たち、帰って着替えます」

と、悠季は言った。「このままじゃ風邪引きますから」

「や、こりゃ失礼！　看護師の制服でよければお貸ししますよ」

「いえ、似合いませんから」

と、悠季はあわてて断った。

病院の中はまだ廊下が水浸しになっていて、掃除で大変だった。

院長が呼ばれて行ったのを幸い、悠季たちは帰ることにしたのだが――。

エレベーターで一階へ下り、扉が開くと、

「えっ！」

と、悠季は思わず声を上げた。

エレベーターの前に、ヤクザの男たちが四人、並んで立っていたのだ。

「あの……」

「ここでお待ちするのが確かだと思いまして」

「そうですか……」

「昨夜はありがとうございました」

男たちが一斉に頭を下げる。

「いえ……。私、何も……」

「全部伺っております」

と、一番年長らしい男が言った。「組長はあのままなら殺されていたでしょう」

「はあ」

「俺たちもです。――先生は命の恩人です！」

まさかヤクザに「先生」と呼ばれるとは思わなかった！

「ぜひ組長がご挨拶申し上げたいと」

「いえ、そんな。――気にしないで下さい」

とは言ったものの、拒み続けるのも得策でない、というわけで、仕方なくまたエレベーターへ逆戻りすることになった……。

――今村昌吉の病室へ入ると、

「組長、ゆき先生をお連れしました」

「おお……」

ベッドから今村昌吉が起き上った。

「どうぞ、そのままで」

と、悠季は急いで言った。「濡れて、大丈夫でしたか？」

「目が覚めました」

と言って、昌吉は笑った。「いや、こんなに気分がいいのは久しぶりです」

「ならいいですけど……」

と、悠季は言った。「息子さんも手術、無事に終ったそうで」

「ええ。おかげさまで」

昌吉は、こうして見ると、その辺の気のいいお年寄りでしかない。

「良かったです。ご無事で」

と、悠季は言った。

「しかし、あなたは大した度胸ですな。どこかの組にでもおられたので？」

「とんでもない！　ただ……昔、目の前で人が殺されるのを見たことがあるんです。もう二度とあんな光景を見たくないと思って」

昌吉は肯いて、

「いや、お目にかかったときから、ただ者ではないと思っていましたが……。こいつらも脱帽だそうです」

「たまたま間に合ったんです」

「しかし——このせいでご迷惑はおかけしたくない」

「迷惑？」

「私を助けたということは、殺しに来た連中からすれば『敵側』と見えるでしょう」

「そんな……」

悠季はそこまで考えていなかった。

「いや、ご安心下さい。——おい」

と、子分たちへ声をかけ、「この先生をお守りしろ。代りに死ぬ覚悟でな」

「はい！」

「とんでもない！」

と、悠季はあわてて、「却って目立って仕方ないです。ご遠慮します」

と言って、

「では、お大事に！」

と、急いで病室から飛び出したのだった……。

10 犠牲

江崎香子は、一人でオフィスに残って、デザイン画を仕上げていた。

もう明け方近いが、全く眠くなかった。

梓ゆきに認められ、そのショーに出品することができそうなのだ。もうそれだけで充分幸福だった。

今、香子は二十一歳。梓ゆきも、まだ聞いているところでは三十歳になっていないとか。

「私、あと十年で、先生のような仕事ができるのかしら……」

と呟いてみる。

本当に考え込んでしまうのだが、香子の「強み」とは、次の瞬間には、

「済んだことを、いつまでも悩まない！」

という主義。

ともかく、今はこのデザインを仕上げることだ！

オフィスには他に誰もいなかった。

でも、香子は一人でも平気である。

むしろ、仕事が捗(はかど)るので歓迎なのだ。

「さあ、もう少し……」

と、香子が息をつく。

そのときだった。——派手にガラスの割れる音がして、香子はびっくりした。

「——誰？」

と、香子は呼びかけた。

立ち上って、デザインルームから出るドアを開けた。

目の前に、一見してヤクザと分る男たちが数人立っていた。——手に手に鎖(くさり)やバットをさげている。

オフィスのガラスが叩き割られていた。

「何してるんですか！」

と、香子は声を上げた。

「何だ、人がいたのか」

と、男たちの一人が笑って、「何してるんだ？　ガードマンか」

「一人で残って仕事してるんです」

と、香子は言った。「何しに来たんですか？　警察呼びますよ！」

「呼んでみな。──ここをめちゃくちゃにするくらい、五分もかからねえ」

「何ですって？　何の恨みがあるの？」

「恨みじゃねえ。ただ戦争なのさ」

「え？」

「梓ゆきってのが、俺たちの敵についた。だから、思い知らせてやるのさ」

「先生は、そんなことに係り合う人じゃありません」

と、香子は言って、じっと男たちを見つめていた。

「いい女だな」

「ああ。わざわざ一人で待っててくれたんだからな」

四人の男たちは顔を見合せた。

香子は、やっと恐怖を覚えた。──このままじゃ、何が起るか……。想像はつく。

香子はパッと身を翻して、デザインルームへ飛び込むと、ドアを閉めてロックした。

「おい、開けろ！」

という声と、ドアを激しく叩く音。

このドアはそうもたない。──香子にも分っていた。

香子は机の上の電話へ駆けつけると、急いで一一〇番した。

「もしもし！　梓ゆきのオフィスです。押し入って来た男たちが中を荒らしてるんです！」

と、急いで言った。

言い終らない内に、ドアが弾けるように開いた。

香子はハッと振り向いた。

「──全く、始末におえねえ女だ」

と、一人が言った。

香子は、二人に両腕を取られると、服を裂かれた。

声は出なかった。

「先生──」

デザインルームにいた綾子は、悠季が駆け込んで来るのを見て、止めようとした。

「香子ちゃんは？」

と、悠季は訊いた。「香子ちゃんはどうなの？」

「救急車で運ばれました」

と、綾子は言った。「重傷だそうです」

悠季は、デザインルームの床に散った血を見下ろしていた。

そして、引き裂かれ、はぎ取られた香子の服と下着が散らばっているのを見た……。

——病院でスプリンクラーの水を浴びた悠季は、一旦マンションへ戻り、着替えていた。むろん、エリカも一緒だった。

そこへ、一足先に着替えてオフィスへ行った綾子から電話が入ったのだ……。

「パトカーが駆けつけたときは、もう犯人は逃げた後だったそうです」

と、綾子は言った。

「香子ちゃんは……一人だったのね」

「ええ。犯人は少なくとも三人はいたようです。——でも香子ちゃんはショック状態で話ができないので」

「——やられたのね」

綾子は肯いて、

「その後にナイフで刺されたんです」

悠季はよろけて、机に手をついた。

「先生！　大丈夫ですか！」

「私のせいだわ！」

と、悠季が絞り出すような声を出した。「私が、あんなヤクザなんか助けたから！」

「先生……」

「私を襲えばいいのに！　卑怯（ひきょう）だわ！」

綾子は、さすがに何と言っていいか分らない様子だった。

「――運が悪かったんですね」

と、やっと言葉を継ぐと、「たぶん、このオフィスを荒らしに来たんですよ。そこにたまたま……」

「いくらでも、荒らして行けば良かったのに！　香子ちゃんを……」

「先生のせいじゃありません。ご自分を責めないで下さい」

「じゃ、誰を責めろって言うの？」

悠季は、耐えられずに、デザインルームを出た。

「他の社員たちがビルの入口に出勤して来て、どうしていいか分らずにいます」

と、綾子は言った。

「仕事なんて……」

「だめですよ！」

と、綾子は厳しく言った。「ちゃんと、仕事しなきゃ。それこそ、香子ちゃんが悲しみます。香子ちゃんのデザインを、しっかり仕上げなくちゃ」

悠季は振り返って、

「──分った」

と、ゆっくり肯いた。「あなたの言う通りね」

「捜査がありますから、デザインルームはしばらく使えないでしょうけど、他はガラスを割られたくらいです。──すぐみんなで片付けます」

綾子のてきぱきとした対応が、悠季を立ち直らせた。

社員たちは、アッという間にガラスの破片などを片付けて、仕事にかかった。

オフィスの一画を仕切ってデザインルームをそこへ移し、いつもの通り、仕事は始まった。

そして、仕事が順調に進み始めると、

「──私、病院に行くわ」

と、悠季は言った。「ともかく、香子ちゃんの様子が心配」

「分りました。じゃ、私も──」

と言いかけた綾子へ、

「あなたはここにいて」

と、悠季は遮って、「大丈夫だとは思うけど、もしまたいやがらせのようなことがあったら、あなたが対処して」

「分りました」

と、綾子は肯いて、「先生も気を付けて下さいね」

「私は大丈夫よ」

悠季は急いでオフィスを出た。

タクシーを拾って、香子が搬送された病院へと向う。

着いてみると大きな病院で、悠季は香子がどこにいるのか、しばし訊いて回らなくてはならなかった。

やっと、事情の分る看護師を見付け、案内されて、担当の医師に会うことができた。

「傷は幸い深くなかったので、命に別状ありません」

中年の穏やかな女医で、「ただ、精神的なショックが大きいので、しばらくは静養する必要がありますね」

「ありがとうございます」

悠季はいくらか安堵したが、「今は……」

「眠っています。今日はそっとしておいた方が」

「顔だけ見て帰りたいので」

と、悠季は言った。

〈江崎香子〉その名札が胸を刺す。

「——両親を亡くしている子なので」

と、悠季は女医に言った。

「そうですか。何かあればいつでも……」

「はい、どうも……」

病室の入口で悠季は礼を言った。

女医が行きかけて、ふと廊下の窓の外を見ると、

「あら、雨になったのね」

と言った。

そういえば、タクシーに乗るとき、ずいぶん曇っていたと悠季は思い出した。

外が暗くなって、ザッと降り出した雨は、窓ガラスを叩く音が聞こえる強さだった。

病室へ入って、悠季は、

「あら……」

と、目を見開いた。

眠っている香子のベッドの傍に座っていたのは、伊河エリカだったのである。

「悠季さん……」

と、エリカは立ち上って、「――ごめんなさい、私たちのせいで」

目が潤んでいる。

悠季は静かにベッドへ近付いて、

「命が助かって良かった」

と言った。「でも――一生消えない傷が残っているわ」

「ええ……」

「あなたのせいじゃない」

と、悠季は言った。「でも、私が係り合ったことが原因だわ。――これで済むとは思えない。申し訳ないけど、あなたとお父さんには、出て行ってほしい」

「はい」

「母もいるし、これ以上、周りを危険に巻き込みたくないの」

「はい」

エリカは顔を伏せた。

「でも――どうしたらいいのか」

悠季はため息をついた。

「悠季さん。――あの、父が来てるんですけど」

「伊河さんが？　危いじゃないの。それに、もし、ここで何かあったら……」

「はい、分ってるので、父は病院の外にいます」

「外に？」

「裏の駐車場に。――どうしても、ひと言、詫(わ)びが言いたいと言ってます。お願いです。聞いて下さい」

悠季は少し迷ったが、

「分ったわ。じゃ、あなたはここにいて」

「ありがとうございます」

と、エリカは涙を拭った。

悠季は一階へ下りると、裏手の方へ出た。

どこにいるのか……。

見回した悠季の目に、降りしきる雨の中、じっと濡れながら立っている伊河の姿が映った。

「馬鹿ね！」

悠季は自分も濡れながら、伊河の方へ進んで行った。

悠季は、雨の中、伊河と数メートル離れて向い合った。

伊河は頭を下げると、

「申し訳ない」

と言った。「あんたは、社長を助けてくれた。そのせいで……」

「簡単に謝らないで下さい」

と、悠季は言った。「今村さんを助けたのは私の決めたこと。それは後悔していない。でも、被害を受けたのは、何も知らない香子ちゃんだった」

「すまん」

「謝るなら、香子ちゃんに謝って下さい。でも、香子ちゃんの意識が戻っても、あなたが会えば、却ってまた恐怖を味わうことになるかも」

「一度は詫（わ）びないと、気が済まないんだ」

　悠季は少し間を置いて、

「やったのは誰なんですか」

　と訊いた。

「たぶん氷室（ひむろ）のとこの若い奴だろう」

「氷室？」

「氷室康二（こうじ）といって、もともと社長と折り合いが悪かった。入院を機に、自分が後釜に座ろうとして、他の幹部を抱き込んでる」

「ともかく……私たちには関係ないことですから」

「ああ、分ってる」

「エリカちゃんにも言いました。あのマンションだって、危険です。出て行って下さい」

「承知してる。今夜中にエリカと二人で出るよ」

「お願いします」

悠季は、「どこか行くあては？」と訊くのをやめた。

「どこもない」

と言われたら、「出て行け」と言えなくなる。

母やナターシャを危険にさらすわけにはいかないのだ。

「その香子さんって子には、誰かついてるのか？」

「いいえ」

「奴らの顔を見てる。——心配だな」

「でも、まさか用心棒を雇うわけにも……」

「今夜は俺とエリカがついていよう」

「それこそ危いわ。やめて下さい」

「だが、放っておくわけには……」

「私と綾子さんがいます」

悠季は苦笑して、「せっかく着替えたのに、またずぶ濡れだわ」

と言った。

11　消失

「人の噂も……」

と言うが、「七十五日」と言ったのは昔のことで、今は「七・五日」もあれば世間が忘れるのに充分だ。

「先生」

綾子がやって来ると、「午後にお約束がありますが、お昼はどうなさいますか？」

「もうそんな時間？」

悠季はびっくりして時計に目をやった。「本当だ！　ああ、忙しかった」

と、伸びをする。

「時間を忘れるほど忙しいのはありがたいことです」

と、綾子は平然と言った。「仕事がなくて暇になることを考えて下さい」

「あなたにかかると、みんな仕事に殺されそうね」

「サンドイッチでも買って来ますか？」

「いえ、食べに出る！」

と、悠季はあわてて言った。「午後の約束は一時よね」

「一時ですが、打合せが必要です」

「じゃ、四十五分には戻るわ」

それ以上何か言われない内に、悠季は早々にデザインルームを出た。

「急いで食べられる所ね……」

ビルの裏へ回って、小さなラーメン屋に、混み出す直前に飛び込んだ。

「チャーシューメン！」

と、相席のテーブルについて、自分でお茶を注ぐ。

ケータイにメールの着信音がした。

取り出してみると、入院している江崎香子からだ。

〈先生！　私のデザインを採用して下さって、ありがとうございます！　綾子さんが写真をメールで送ってくれました。私も早く退院して、仕事に戻りたいです！　香子〉

悠季は、香子の元気が心から嬉しい。

〈香子ちゃん！　しっかり傷を治して、それから仕事に戻って。あなたの仕事はちゃんと取っておくからね！　ユキ〉

と、返信しておいた。

ラーメンが来て、テーブルの上の割りばしを取るとパキッと割って、すぐ食べ始める。

――むろん、気にならないわけではない。

ひどい目にあった香子が、健気（けなげ）に立ち直ってくれているのは嬉しかった。その一方で、悠季のマンションを出て行った伊河とエリカの父娘はどうしているのか、全く分らない。

しかし、心配したところで、今の悠季には何もしてあげられない。あの二人がいなくなって、危険も去ったようだ。

一週間たって、悠季の仕事は前にも増して忙しくなっていた。

伊河たちのこと、あの病院での体験を忘れてはいないが、今は仕事のことで手一杯なのである。

ラーメンを食べていると、向いの席に誰かが座った。

「先生」

「え？」

顔を上げて、「ああ、五郎君か」

坂井五郎だったのだ。

「こんな所で昼を食べてるんですか？」

「忙しくてね。のんびり食べてられない。――どう、仕事？」

「ええ、大分慣れましたよ」

「ごめんなさい。忙しくって、見に行く時間もないの」

「いいですよ」

と、五郎は笑って、「先生は、大勢の人を見てるんだから」

「何だか、五郎に『先生』なんて言われると、照れるわね」

と、悠季は苦笑した。「友子さんと愛ちゃんは元気？」

「ええ。僕がきちんと働いてるので、落ちついたようです」

「良かったわ。――その内正社員にするからね」

「はい。頑張りますよ」

五郎は、自分のラーメンが来て食べ始めると、「――偉いですね」

「何のこと？」

「僕の家内や娘の名前を、ちゃんと憶えていてくれて。――僕にはとてもできない」

「そんなこと。私だって、初めの内はさっぱりだったわよ。努力して、習慣にしたの。その日会った人の名前を、夜、必死で思い出すのよ。それをくり返してる内に、自然と憶えるようになる」

「そうか。——やっぱり努力してるんだ」

「当り前よ。仕事してるんだもの。それぐらいのこと、しなきゃ」

悠季は自分のラーメンを食べ終えると、

「——さ、もう行かなきゃ。綾子さんがうるさいからね」

と言って、席を立った。

表に出ると、ケータイが鳴った。

見れば、あの伊河の娘、エリカからだ。

ためらったが、出ないわけにもいかない。

「——もしもし」

と言うと、

「そちらは？」

と、男の声が聞こえて来た。

「え？」

「どなたですか、そっちは？」

悠季は足を止めた。

「あなたは誰？」

「警察の者です」

「警察？」

「このケータイの持主をご存知ですか」

「ええ……。あの――何かあったんでしょうか。私は梓ゆきというデザイナーですが」

「〈梓ゆき〉？　あのファッションデザイナーの？」

「そうです。あの――」

「このケータイは殺人現場に落ちていたんです」

そう聞いて、悠季は青ざめた。

「あの……ケータイの持主が殺されたんですか？」

「そうとは限りませんが」

「そちらはどこでしょう？」

場所を聞くと、そう遠くない。

「すぐそちらへ行きます！」

悠季は通話を切ると、駆け出した。

タクシーを降りると、悠季はパトカーの前に立っていた警官に声をかけた。

「北里さんという刑事さんに……」

ホテルから、コートをはおった長身の男が出て来て、

「北里は僕です」

さっきの電話の声だ。

「梓ゆきです」

「北里です。——では、中へ」

「はい……」

小さなラブホテルだ。この一室で、若い女の子が殺されていたという。

伊河エリカが殺されたのだろうか？

悠季はエレベーターの中で、心臓が苦しいほど鼓動を速めた。

「見たところ、女の子が売春をしていて、相手の男に殺された、という状況のようですがね」

と、北里は言った。「妹が、いつもあなたのデザインの服を着てますよ」

「どうも……」

そんなお世辞を聞いている気分ではなかった。もしエリカだとしたら、父親と二人、逃亡するのにお金が必要だったのかもしれない。

その挙句、殺されてしまったとしたら、あんまり可哀そうだ。でも——マンションから二人を追い出したのは自分だ……。

「こっちです」

エレベーターを降り、狭い廊下を行くと、ドアが一つ開いて、人が出入りしている。

「大丈夫ですか？」

と、北里が足を止めて、「現場はそのままですが」

「――大丈夫です」

と、背筋を伸して、「私の知っている子かどうか、確かめたいんです」

「では、どうぞ」

狭苦しい部屋だった。

大きなダブルベッドが入って、ほぼ一杯である。

北里はベッドのわきをすり抜けて、奥へと案内する。

「現場はバスルームです」

バスルームのドアは開いていた。

悠季はさすがにバスルームの入口で足が止った。

「大丈夫ですか？」

と、北里刑事は言ったが、そう心配してくれている風でもなかった。

「はい……」

悠季は深く息をついて、「見せて下さい」

白衣の男が立ち上って、ふしぎそうに悠季を見た。

「——被害者を知ってるかもしれないので」

と、北里が言った。

「ああ、そうか。あんまり気持のいいもんじゃないがね」

白衣の男がバスタブの前から脇へどいた。

バスタブのふちに白い手が覗いていた。

指が開いて、空をつかもうとしているかのようだ。

悠季は息を呑む思いで、バスタブに近付き、覗き込んだ。

——違う。

別人だということは一目で分った。エリカはまだ十六だが、この女性はどう見ても二十五、六になっている。

全裸で、バスタブの中に体をねじるようにして倒れている。

「——どうです?」

と、北里は言った。

「私の知っている子じゃありません」

と、悠季は言った。

「確かですね」

「ええ。――でもどうしてあの子のケータイを持ってたのかしら」

「さあ……。その持主について、伺いたいんですが」

「はい……」

何をどう話したものか迷ったが、嘘をついても、却ってまずいことになるだろう。

悠季は、北里刑事と一緒にホテルを出た。

「その辺でコーヒーでも飲みましょう」

と言って、北里は大欠伸をたて続けに三回くり返した。

「――眠そうですね」

「二日間、ほとんど寝てないんですよ。そこへこの事件で……。本当なら帰って眠ってるところですけど」

「ご苦労さまです」

そう言うしかない。

喫茶店を見付けて入ると、二人はコーヒーを頼んで、

「あの女の人、どうして死んだんですか？　傷とかはなかったみたいですけど」

と、悠季が訊いた。

「詳しいことは司法解剖してみないとね。クスリのやり過ぎで心臓が参ったんじゃないかって、あの検視官は言ってましたがね」

「麻薬ですか……」

と、悠季は言った。「——あ、すみません、仕事の電話で」

ケータイに、梅沢綾子からかかって来たのである。

「ああ、どうぞ」

と、北里は手を振った。

悠季は席を立って、店の入口辺りへ行った。

「——先生！　どうなってるんですか？」

と、綾子が苛立ちを隠そうともせずに言った。

むろん、綾子に事情は連絡しておいたのだが……。

「死んだのはエリカちゃんじゃなかったわ」

「良かったですね。じゃ、もう戻れるんですね？」

「今、刑事さんと一緒なの。できるだけ早く帰るから」

「もういい加減、物騒なことに首を突っ込まないで下さい」

「はいはい」

叱られているみたいである。

「——すみません」

と、席に戻ると、「あら……」

コーヒーを前に、北里は口を開けて眠ってしまっていた。

あんまりよく寝ているので、起すのも申し訳ないが、起きるのをのんびり待ってい
るわけにもいかない……

そのとき、またケータイが鳴って、あわてて立ち上る。

「もしもし？——もしもし、どなた？」

少し間があって、

「すみません、悠季さん」

「その声は……エリカちゃん？」

「はい。——もう連絡しないはずだったのに」

「そんなこといいの。あなたのケータイ、他の女性が持ってたわよ」

「え？　どうしてそれを……」

と、エリカはびっくりしたようで、「盗まれたんです、ケータイ」

「誰に？」

「名前、分りませんけど、若い女の人で、私がバッグ置いていなくなったときに
……」

「その人、死んだわ」

「え？」

悠季は大まかに事情を説明し、

「――もし、死んだのがあなただったらどうしよう、って気が気じゃなかったの」

それを聞いて、エリカは少し黙っていたが、

「――心配して下さってたんですね。ありがとうございます」

少し涙声になっていた。

「心配してるわよ、もちろん」

と、悠季は言った。「ただ、あのときは……」

「入院した――香子さんっておっしゃいましたっけ。どうしてますか？」

「メールでは、大分元気そうだけど、そう簡単にはね。――で、今はどうしてるの？」

「あの……絶対に悠季さんには連絡するなって言われてたんですけど、父から」

と、エリカは言った。「でも、他に誰も思い付かなくて」

「何があったの？」

悠季はチラッと席の方へ目をやった。北里刑事はまだ眠っている。

「父が倒れたんです」

「まあ……。それで？」

「病院にも行けなくて。――今、公園で暮してます」

「公園で？」

悠季は唖然とした。

「氷室っていう幹部が力をつけて来て、今は事実上のボスみたいなんです。父は嫌われていて……」

氷室といえば、江崎香子を襲ったのは、おそらく氷室の子分たちだと伊河は言っていた。

「見付かれば殺されるでしょう。でも、その前に病気で死んじゃうんじゃないかと……」

「分ったわ」

もう放ってはおけない。――悠季も心を決めた。

「今、どこなの？」

と、悠季は訊いた。


悠季はタクシーを降りた。

川沿いの公園に、青いビニールのテントが並ぶ。

ぼんやりとベンチに腰かけている人も少なくない。――たぶん川沿いの散歩道なのだろう。

悠季がその道へ入って行くと、小走りにやって来る少女がいた。

「悠季さん！　すみません」

エリカだった。しかし――悠季は一瞬言葉が出なかった。

やせて頰がこけ、やつれている。髪も乱れて乾いたまま。着ているものも、ずっと替えていないのだろう、スカートはしわくちゃになっていた。

悠季の視線に気付いて、エリカは目を伏せると、

「夜、寒くて、このまま寝てるものですから……」

声が震えた。

悠季は思わずエリカを力一杯抱きしめていた。エリカは悠季の胸に顔を埋めて泣き出した。

そして、しばらく泣き止まなかった。

「――よく辛抱したわね」

と、悠季は指でエリカの髪を直してやると、

「お父さんは？」

「こっちです……」

エリカが前に立って歩き出す。

ビニールハウスの一つで、

「お父さん……」

と、エリカが身をかがめて中へ声をかける。

「どうした……」

と、伊河が中で起き上ろうとする。

「――馬鹿よ、あんたは」

と、悠季は覗き込んで言った。

「ああ……。エリカ、あれほど言っただろう！」

「だって、このままじゃ、お父さんが死んじゃう」

伊河は咳込んで、

「病気がうつる。――入って来ないでくれ」

悠季は、弱り切った伊河を見て、

「即入院ね」

と言った。

「放っとけ。ここで死んでも誰も困らん」

「エリカちゃんは困るわ」

「一人なら何とか生きてくさ……」

「お父さん……。悠季さんの言うことを聞いて。いやなら、私、体を売るからね」

「馬鹿！　そんな真似したら、生かしちゃおかんぞ！」

「ともかく連れ出して、入院させる。いやなら私を殺すのね」

悠季はケータイで綾子へかけた。

ここへ来る途中、連絡は入れてあった。

「先生、どこにいるんですか？」

「病院、探してくれた？」

「はい……。ちょっと都心から外れた所で、知り合いがいます」

「ありがとう。やっぱり頼りになるわね！」

「お世辞言ってもだめです。仕事が待ってます！」

と、綾子は言った。

「でも、伊河さんを一旦入院させないと」

「私がやります」

と、綾子は言った。「先生は帰って仕事です！」

「でも――」

「ここにいます」

悠季がびっくりして振り向くと、綾子が立っていたのだ。

「いつの間に？」

「どうせこういうことになると思ったんですよね」

と、綾子は言った。「病院車を手配してあるので、あと五、六分で来ます」

伊河も、綾子のやることに呆気に取られて、意地を張るのも忘れたらしく、

「全く、変な奴らだ」

と、首を振った。

「じゃ、お願いね。私、エリカちゃんを連れて戻る」

「はい。――その格好じゃ」

綾子はパッと自分のコートを脱いで、エリカに着せた。「サイズ、大丈夫でしょ?」

「すみません……」

「おい……。また迷惑かけても知らねえぞ」

と、伊河は言った。

「じゃ、早く元気になって出てって下さい」

と、綾子は言って、「先生、北里って刑事さんが連絡くれって言って来ましたよ」

「分った。電話するわ」

結局、話が長くなると思ったので、悠季は眠りこけている北里の前に〈起すのも気の毒なので、後ほどまた〉と、メモを残して来てしまったのだ。

「じゃ、エリカちゃん」

と促して、悠季はビニールハウスを出たのだった。

12　覚悟

「いらっしゃい」

と梓みすずは店の入口の方を振り返って、「あら、どうしたの?」

と言った。

「まだ誰もいないのね」

と、悠季は店の中を見回した。

「時間が早いわ。——何か飲む?」

「ジンジャーエール」

「高いわよ」

「いいわよ」

と、悠季は笑って、「——ね、お母さん」

「何?」

悠季は、ジンジャーエールのグラスを手にして、一口飲んでから、

「少しの間、お店を閉めない？」

と言った。

「どうして？」

「お母さんを危い目にあわせたくないの」

みすずは、ちょっと悠季を見ていたが、

「また、あの人たち？」

「うん。――放っておけない」

「若い子が一人、ひどい目にあったんでしょ？」

「だから、お母さんも安全な所へ、しばらく行っててほしいの。どこか遠くの小さな町にでも」

「私は行かないわよ」

「でも――」

「心配しないで。こんな年齢の女を襲う物好き、いないでしょ」

「心配なのよ」

「分るけどね……。私は、この店のお客さんたちを大事にしたいの」

と、みすずは言った。「一旦閉めてしまったら、また来ていただくのは大変よ」

「分るけど……。何も、この店やらなくても困るわけじゃないし」

「悠季。――私にとっては、この店は大切なの。遊び気分でやってるわけじゃないのよ」

「うん……」

悠季も、母の言葉が胸にこたえた。

「私は私なりに、このお店に命をかけてるの」

と、みすずは穏やかに言った。「何かあって、もし私が殺されても、あんたのせいじゃないし、私も悔まない」

悠季は苦笑しながら、ジンジャーエールを飲み干して、

「頑固なところは似てるのかな、私もお母さんも」

「本当ね。親子だもの」

と、みすずも笑った。

「分ったわ。でも、用心はしてね。私も、考えるから」

「もちろんよ。殺されたいわけじゃないからね」

悠季は立ち上って、

「じゃ――これ、お代」

「おつりはチップね」

「そっちが言うのって、おかしくない？」

と、悠季は言った。

——マンションに戻ってみると、ソファでエリカが眠り込んでいた。

「風邪ひくわよ……」

と声をかけたが、起きる気配がない。

髪が濡れていて、バスローブを着ているが、その下は裸のままだ。

たぶん何日も風呂に入っていなかったのだろう。——ホッとしたせいもあって、風呂から出てそのまま眠ってしまったのだ。

起したものか迷ったが、悠季はタオルケットを取って来ると、エリカの上にていねいにかけてやった。

きっと起しても目を覚まさないだろうと思ったので、寝かせておくことにした。

オフィスに電話して、仕事の様子を訊く。

「——やっぱり行かないと無理ね。少し遅くなるかもしれないけど、行くわ」

と、悠季は言った。「帰れる人は帰っていいのよ。いいわね」

念を押して、電話を切った。

伊河健はどうなっただろう？　綾子がついて、病院へ運んだはずだが。

いいタイミングで、悠季のケータイが鳴った。綾子からだ。

「——もしもし。どうなった？」

「今ぐっすり眠ってます」

と、綾子は言った。「大した病気じゃないんです。風邪こじらせて、肺炎になってるんですって」

「それだけ？」

「あとは高血圧とか、そんなもんです。——先生、仕事は？」

「今、一旦マンションに帰って来たの。またオフィスへ行くわ」

「それでこそ先生です！」

「あなたが経営者みたいね」

と、悠季が笑った。

「その内、乗っ取りますから」

と、綾子は真面目な口調で言った……。

悠季がケータイを手に立ち上ると、

「——エリカちゃん！　びっくりした」

バスローブ姿のエリカが、ソファから立ち上っていた。

「お父さんは肺炎だって。大丈夫よ。——エリカちゃん、聞いてる？」

「はい……」

と肯いたエリカは、そのまま床に倒れてしまった。

「落ちついて食べてね」

と、悠季は、エリカが凄い勢いでカレーライスを食べるのを眺めて言った。

マンションの近くのレストランに入り、ともかく「一番早く出てくる」カレーを頼んだのだ。

「すみません……。みっともないことして」

と、エリカは頭を下げた。「お腹空いて目が回るって、本当なんですね!」

「何ごとも経験ね」

と、悠季は微笑んだ。

エリカはカレーをきれいに平らげてから、さらに料理を注文した。

「好きなだけ食べて」

と、悠季は言った。「そして、ゆっくり寝るのよ。お父さんのことは、もう心配しなくていいから」

「はい……。すみません。親子で甘えさせていただきます」

「ええ、承知したわ。安心してなさい」

エリカは息をついて、

「――悠季さんって、本当にいい人ですね」

と言った。「私だったら——とてもできない。赤の他人のために、危険まで冒して……」

「そうね……。何だか、あなたのことが、『赤の他人』に思えないのよ」

エリカは、ちょっとびっくりしたように、

「私も……。悠季さんのこと、ずっと前から知ってるような気がしてます」

「きっと、前世じゃ姉妹だったのよ」

と、悠季は言ってニッコリ笑った。「それとも恋人だったのかな」

「私、恋人の方がいいな」

と、エリカは明るく言った。

「元気が出て来たわね」

悠季は肯いて、「あ、そうだ。私も今の内に何か食べとこう。今夜は帰れないかもしれないけど、気にしないで寝てね」

「はい」

「ああ、それと、戸締り、玄関の鍵、しっかり掛けて」

「気を付けます」

悠季も、エリカと一緒に食事をして、二人はレストランを出てマンションへと戻った。

マンションのロビーに入った二人は、足を止めた。

ロビーに、一見してまともでない黒い上着の男たちが数人、二人を待っていたのだ。

「——氷室だわ」

と、エリカが小声で言った。

意外に若く、ビジネスマン風の男が、二人の方へやって来ると、

「やあ、エリカちゃん。大きくなったね」

と言った。

エリカは無言で男をにらんでいる。

「——この子に何かご用?」

と、悠季は言った。

「デザイナーの〈梓ゆき〉さんですな」

「氷室さんというのは、あなた?　あなたの子分が、私の所の女の子にひどいことをしたのね」

氷室は笑って、

「私に面と向ってそう言うんですか」

と言うと、凄みのある声になって、「あんたたちにも、同じ楽しみを味わってもらってもいいんだぜ」

「男が何人もで、女の子一人を襲ったりして！　恥ずかしいと思わないの！」

悠季は臆することなく、氷室をにらんで言った。

「ほう。度胸のいいことだ。——何なら、このロビーで『再演』しようか？」

子分たちが進み出て来る。

すると、

「——何が始まるのかな」

と、声がした。

表からロビーへ入って来たのは、北里刑事だった。

「誰だ？」

と、氷室が眉をひそめる。

「名のるほどの者じゃないがね」

北里が警察手帳を見せると、氷室は一瞬顔をこわばらせ、

「邪魔者か。——よし、引き上げるぞ」

と、子分たちを促した。

氷室たちが出て行くと、エリカが悠季の手をつかんで、

「怖かった！」

と、震えながら言った。

「しかし、無鉄砲な人だ」

と、北里が言った。

「そうでもないんですよ」

「というと？」

「北里さんの姿が、あの受付窓口のガラスに映ってたんです」

と、悠季は澄まして言った……。


「呆れたもんだな」

と、北里は苦笑した。「あの病院での騒ぎにしても、あなたのやることは無茶だ」

「性分で、仕方ないんです」

と、悠季は言った。

「しかし、あの氷室という男、そう簡単に諦めませんよ」

「そこを守って下さるのが、そちらのお役目でしょ？」

「しかしね……」

北里の車で、悠季はオフィスに向っていた。

車の中で、ザッと事情を説明したのだったが……。

「伊河健の娘か、君は」

エリカも車に乗っていた。

一人でマンションに置いてくる気になれなかったのである。

「まあ、僕はそっちの担当じゃないから、よく分らないがね」

「あの、ホテルで死んだ女の人のこと、分ったんですか？」

と、悠季は訊いた。

「ああ。――山田妙美という女です」

と、北里は言った。「身許が知れただけで、それ以上はまだ……」

「私のケータイ、持ってた人ですね」

と、エリカが言った。

「君のケータイだったのか？　じゃ、あの女を知ってる？」

と、北里が訊いた。

「私、ケータイを盗まれたんです」

と、エリカは言った。

「どこで？」

「公園です。――私と父がいた所です」

「あの公園に？　じゃ、あの女の人も家が失くなっていたの？」

「事情は分りません」

と、エリカは言った。「あんな所に来る人は、みんな色々事情を抱えてますから、お互い、訊かないことになってるんです」

「じゃ、ケータイを盗まれたっていうのは——」

「あの人、父と話してたんです。——知り合いだったのかどうか分りませんけど」

「というと？」

「私、コンビニの、期限切れのお弁当とか、もらいに行ってました」

と、エリカは言った。「いやな仕事だったけど、お金がもうなくなって、仕方なく……」

それでも、エリカはお弁当を二つ持って、公園へと急いだ。

夜になって、冷えていた。

湿った川の匂いがする。

父と自分のいる公園の見える所まで来て、エリカは足を止めた。

もう大分汚れている袖口で、そっと涙を拭う。——父に涙を見せるわけにはいかない。

「どうしたんだ」

と訊かれて、平然としていられる自信はなかった。

手にした二つのお弁当。エリカは父に、

「どうせ売り物にならないから、持ってっていいよ、って言ってくれるの」

と説明していたが、本当はそうじゃなかった。

いつも不機嫌そうにコンビニのレジに立っている店員は、もう四十過ぎの男で、初めはエリカの頼みをはねつけた。

しかし、エリカが肩を落として帰りかけると――。

「あげてもいいぜ」

と、声をかけた。「ただし……」

エリカはその男に胸や腰を触られ、泣くのを必死でこらえた。さすがに客が来ると男は手を止めて、

「さあ、持ってっていいよ」

と、やさしげな声で言った。

エリカは、もう何度かそのコンビニへ通っていた。中にお客がいるのを確かめて入るのだが、男も客がいなくなるのを待って、エリカをレジの中へ引張り込んだ……。

エリカは唇をかみしめて、スカートの中へ入って来るゾッとするほどしつこい指を辛抱しなければならなかった……。

「大丈夫」

と、エリカは口に出して言った。「もう大丈夫」

自分にそう言い聞かせると、公園の中へと入って行く。

「――お父さん」

ビニールハウスの中へ、頭を低くして入って行くと、びっくりした。

父の他に女がいたのだ。

「戻ったか」

と、伊河は言った。「娘のエリカだ」

まだ若い、二十五、六の女だった。横になっている伊河のそばに座って、膝を抱え込むようにしていた。

エリカは、ちょっとその女に会釈して、

「お弁当だよ。温めてもらった」

「ああ」

女は立ち上って、

「じゃ、行くわ」

と言った。「お大事に」

「ああ。お前もな」

伊河は、ちょっと手を上げて見せた。

女が出て行くと、

「今の人、誰？」

と、エリカは訊いた。

「別に。——この辺の新入りだ」

しかし、エリカは父の言葉を信じなかった。父とその女の間には、気安い空気が流れていたからだ。

しかし、伊河は何も話す気はないようだった。エリカも訊かなかった。

二人は弁当を食べて、

「——捨ててくる」

と、エリカは腰を上げた。

そして、エリカは自分の布のバッグに手を入れたが……。

「——あれ？　お父さん、私のケータイ、知らない？」

こんな暮しをしていながら、ケータイを持っているのも妙なものだが、エリカにとっては、何人かの限られた友だちと話したり、メールのやりとりをするのが、唯一の楽しみだった。

「うん？　ああ……。ないのか？」

「うん。——どうかしたの？」

父がちょっと目をそらすのを見て、「お父さん……」

「今の女が、ちょっと借りると言って使ってた。持って行ったのかな」

「そんな……。私のケータイよ！」

「エリカ――」

「ひどいわ！」

エリカはビニールハウスから飛び出した。

公園の中を駆け回り、必死であの女の姿を捜したが、見付からなかった……。

いつの間にか車は停っていた。

北里刑事は、エリカの方を振り向くと、「辛い目にあったんだね」

と言った。

エリカは少し恥ずかしそうに、

「もう終ったことです」

と言った。

「今からそのコンビニへ行こうか」

「え？」

「その店員を逮捕してやる！」

本気で怒っている。

「北里さん」

と、悠季は言った。「エリカさんが困ってますよ」

「ああ……。すみません。しかし、腹が立ってね」

「ありがとう」

と、エリカが言った。「お気持は嬉しいです」

「車、出して下さい」

「ええ……。失礼しました」

車が走り出す。

少しして、北里は言った。

「死んだ山田妙美ですが――」

「何か？」

「たぶん殺されたのだと思います」

悠季はちょっと言葉を失っていたが、

「――でも、麻薬のせいじゃないんですか」

「無理に射たれたのかもしれません」

「まあ」

「エリカ君のケータイを持って行ったのは、おそらく誰かをホテルへ呼び出すためだったのでしょう」

「呼び出す？」

「ただ客を取るつもりだったのかとも思いましたが、どうもそうじゃないようだ。誰かを呼び出して、金をゆするつもりだったんじゃないでしょうか」

「その相手に殺された？」

「その可能性が高いと思います。——検視の結果を見ないと、はっきりした結論は出せませんが」

北里は車のスピードを落として、「——あのビルですね」

「ええ、ありがとうございました」

「エリカ君、山田妙美はきっとお父さんと知り合いだったんだと思う」

「はい……」

「お父さんと話したいが……」

「入院しています」

「じゃ、検視の結果が出るのを待って、会いに行こう」

「分りました」

北里の車を降りて、

「どうもすみません。——エリカちゃん、一緒に来る？」

「はい、もちろん」

北里は少し残念そうだったが、

「もし、あの氷室から何か言って来たら——。いや、担当の部署の人間から、氷室に警告させておきますよ。下手に手出しはできないでしょう」

「ありがとう、北里さん」

「いや、あなた方を見ていると、危なっかしくて、とても放っておけません」

「どうぞよろしく」

と、悠季はエリカの腕を取って、オフィスへと向った。

「——わあ、熱気がある」

と、デザインや裁断の現場を見ると、エリカは目を輝かせて立ち尽くした。

「先生！　この色の組合せ、どうですか？」

「このヒップのラインが、うまくまとまらないんですけど」

「この襟、どうですか？」

ワッと寄って来る弟子たちに囲まれて、悠季は、

「ちょっと！　そんなに一度に言われても、答えられないわよ！　順番に！」

と、笑いながら言った。

「お待ちしてました」

梅沢綾子がツカツカとやって来ると、

「ともかく、まず注文のリストに目を通して下さい！」

綾子はちょっとエリカを見て、

「先生、この子を連れて来たんですか？」

「私がついて来たんです」

と、エリカは言った。

エリカの頰は紅潮していた。——デザインの現場を目のあたりにした興奮が、エリカの心を浮き立たせていた……。

13　アルバイト

「じゃ、エリカちゃん、これコピー取って来て」

と、悠季がデザイン画を渡すと、

「はい！」

エリカが駆け出すようにデザインルームを出て行く。

「先生」

忙しいときでも、いつもと一向に変らないのが梅沢綾子で、「この文書に目を通して下さい」

「任せるわよ」

と、悠季が見もせずに言うと、

「もし私が会社のお金を横領しようとしてたら、どうするんです？」

悠季は笑って、

「あなたなら、絶対にばれないようにやるでしょ」

と言った。

「まあ、確かに」

と、真顔で肯いて、「あの子を雇うんですか?」

「エリカちゃん? そうね。アルバイトってことで、どう?」

「また先生の気紛れですか」

「そうじゃないわよ」

悠季は、エリカがコンビニでひどい目にあっていたことを話して、「あの子に、そういう思いを忘れさせてあげたいの」

「そうですか……。じゃ、結構です」

「賛成してくれる?」

「もちろん! 男なんて下らない!」

綾子はそう言い捨てると、さっさと行ってしまった……。

入れ違いに戻って来たエリカは、

「梅沢さん、どうかしたんですか?」

「別に。どうして?」

「何だか――泣いてましたよ」

「え? 本当に?」

悠季は、綾子が意外に「人情家」でもあることを知ったのである。

「エリカちゃん、この寸法をこの欄に書きうつして」

「はい」

五分もすると、綾子がまたやって来て、

「伊河エリカさんね」

「は？」

「この書類にサインして。今日からアルバイトよ」

「え……。本当ですか？　今日から？」

「どんなに中小企業でも、人をタダで働かせることはしません」

「はい！」

「サインだけでいいわ。――はい、それじゃ賃金は月末締めの十日払い。これは仕度金」

と、一万円札を二枚渡して、「それじゃしっかりね」

「はい……」

「お昼は近くで食べて。他の人に訊けば、どこが安いか教えてくれるわ」

「はい。――ありがとうございます！」

エリカは半ば呆然としている。

綾子が行ってしまうと、

「仕度金？」

そんなもの、普通は渡していない。

もしかして、綾子も男にひどい目にあったことがあるのかもしれない……。

「エリカちゃん、その人と一緒に、倉庫から段ボールを運んで来て」

と、悠季は言った……。


「どう？」

悠季は、病室を覗くと、「エリカちゃんは？」

「晩飯を食べに行った」

と、伊河は言った。

「何を仏頂面してるの。エリカちゃんに心配かけちゃだめでしょ」

仕事帰り、伊河の入院している病院までやって来たのである。

伊河は難しい顔で天井をにらんで、

「俺は誰にも頼らずやって来た。——慣れてないんだ、礼を言うのに」

「誰も礼を言ってほしいなんて言ってないでしょ」

と、悠季は椅子にかけて、「でも、エリカちゃんには礼を言うべきよ」

「ああ……。心の中でな」

悠季は笑って、

「頑固な人ね」

「ともかく……エリカのことは礼を言うよ」

「お金稼いでるのよ、エリカちゃんは。こっちも、よく働いてくれるから雇っただけ」

悠季はそう言って、「――それより、北里って刑事さんから連絡は？」

「ああ、明日来るそうだ」

「聞いた？」

「山田妙美の件か」

「殺されたらしいって……。知ってる人なんでしょ」

「うん……。昔世話になった顔役の娘さんでな」

「そうだったの」

「まさか殺されるとは……」

「公園まで呼んだんでしょ？」

「連絡してほしいことがあったんだ」

伊河の口調が微妙に変った。

「話したくなきゃ、無理にとは言わないけど、もしエリカちゃんにも危険が及ぶと……」

「ああ、分ってる」

そこへ、病室のドアが開いて、

「あ、先生！」

と、エリカが入って来た。

「今日はよく働いたわね」

「明日はもっと頑張ります！」

「あなた、手先が器用だし、この世界に向いてるかもしれないわ」

「教えて下さい！　私、学校なんかやめます。仕事がしたいんです」

「そうね……。ま、お父さんが元気になったら、また考えましょ」

と、悠季は立ち上った。「一緒に帰る？」

「私、今夜はここにいます」

「そう。じゃ明日、遅刻しないでね」

「はい！」

エリカは別人のように元気になっていた。

――病院を出ると、車で綾子が待っている。

「病室に来ればいいのに」

と、悠季は車に乗って言った。

「車を盗まれると困りますから」

と、綾子は真顔で言った。「マンションでいいですか?」

「ええ、お願い。――仕事しろって言わないの?」

「奴隷だって、たまには休ませないと」

悠季はふき出した。

「どこかで一杯やって行きましょうか」

「先生の払いなら。でも、車が置ける所でないと」

「じゃ、母のバーに行く?」

と、悠季は言った。「母もたまには会いたいって言ってるわ」

「タダですか?」

と、綾子は言った……。


「いつも娘がお世話になって」

と、母のみすずが言った。

「いいえ、とんでもない」

綾子は、みすずに愛想よく、「先生あっての私どもですから」

「ちょっと」

と、悠季は苦笑して、「いつもそんなこと言わないじゃないの」

「心の中で感謝してます」

と、綾子は澄まして言った。

母、みすずのバーである。
三、四人、なじみの客がいて、みすずはそっちに行った。
「――綾子さんは、ご両親、お元気なの？」

と、悠季は訊いた。「あなたのこと、ほとんど知らないわね」

「私も言いたくありませんから」

綾子はコーラを飲んでいた。車の運転がある。

「何かお酒飲めば？　車は置いて行けばいいわ」

と、悠季は言ったが、

「いえ、これでいいんです、私は」

と、ちょっとコーラのグラスを持ち上げて見せる。

「面白い人ね、あなたは」

「私に言わせれば、先生の方がずっと面白いです」

「どうして？」

「赤の他人を命がけで守ったり。――昔の仁侠物（にんきょうもの）の世界じゃありませんか」

「そう言われてみりゃそうかな」

と、悠季は笑った。「でもね——人間、何かやりとげたかったら、命がけでやらなきゃいけない、って思うのよ」

「でも、それって本当に命が危い思いですることと違うんじゃないですか？」

と、綾子は言った。

「まあね」

悠季は、チラッと母の方へ目をやって、「母に、こうして好きなことをさせてあげられたのは良かったわ。必死で働いたかいがあった」

「親孝行ですね」

「その前に散々泣かせたからね」

悠季のケータイが鳴った。「——もしもし？」

「北里です」

と、あの刑事の声が聞こえて、「ちょっとお話したいことが……」

「今、どこですか？　母のバーにいるので、一杯いかがですか？」

北里はすぐに、

「勤務中です」

「じゃ、ここへは勤務後に寄ったことにして」

「――そうですな」

素直に誘いを受ける北里だった。

「申し訳ないですな、どうも」

北里はバーで早々に水割りのグラスを二杯空けていた。

「いいんですよ。――お母さん、もう一杯」

「はいはい」

「いや、そう何杯も……」

と言いつつ、断らない。

「何か分りまして？」

と、悠季は訊いた。

「いや、山田妙美の死因の方はまだ分らないのですが……」

と、北里は言った。「何しろ今、検視といっても、人手不足で」

「どこも大変ですね」

刑事から「人手不足」という言葉を聞こうとは思わなかった。

「それで、実は――」

と、北里は言った。「山田妙美は、あの伊河の娘のケータイを使っていたわけですが、あの現場になったホテルの部屋から、部屋の電話を使って一回かけていることが分ったんです」

「どこへですか？」

「それなんですが……」

北里は、ポケットからメモを取り出して、

「この番号にご記憶は？」

悠季は、そのメモを取り上げて、

「――どこかで聞いた番号ね」

覗き込んだ綾子が、

「先生。それ、うちの社の番号です」

と言った。

「――まあ、本当だわ」

連絡がほとんど個人のケータイあてになっているので、社の電話へかけることはない。

「でも、どうしてうちの社へ？」

「それを伺いたかったんです」

と、北里は言った。

「待って下さい。――うちは代表番号でなくて、セクションごとの直通です。綾子さん、この番号って？」

「これは――庶務の番号ですね」

「というと……。ここへかけると誰が出るんだろ？」

「さあ……。一人と決ってませんよ。たまたま近くにいた人間が出ます」

「じゃ、訊いてみましょう。山田妙美からの電話を取った人がいるかどうか」

と、悠季は言った。「でも北里さん、今日はもうみんな帰宅しています。明日になりますが」

「もちろん、結構ですよ」

北里はホッとした様子で、「明日、昼過ぎに伺います。仕事の邪魔にならないようにしますから」

「まあ、気をつかっていただいて」

と、悠季は微笑んだ。

「今夜は、ちゃんとひと仕事したな。これで帰れます」

と、北里はグラスを空けた。

「じゃ、ゆっくり飲んで行かれては？」

「いや、そう金も持っていないので」

「店のおごりです。ね、お母さん？」

みすずは、ちょっと考えて、

「じゃ、あんたにつけとくわ」

「ケチね！」

と、悠季は笑った。「北里さんには、ともかく払わせません。安心してもう一杯？」

「いや、しかしそれでは……」

「付合って下さいな」

と、綾子が言った。「私もウイスキーにしますから」

「あら、車なのに？」

「置いて行きます」

綾子は気が変ったらしい。

「ありがとう。ではもう一杯だけ」

北里の目は綾子の方へ向いていた。

悠季は、綾子が、まだ酔ってもいないのにどこか潤んだ目で北里をじっと眺めているのに気付いてびっくりした。

まさか……。北里刑事に惚れた？

私を無視して！——悠季は、少々面白くなかった……。

14　幻の声

ちょうどすれ違ったとき、悠季は思い出したのだった。

「坂井君」

と、呼びかけると、坂井五郎は少し行って振り返り、

「あ――。おはようございます」

と、悠季へ言った。「すみません。ボーッとしてて気が付かないで」

「そんなこと、いいのよ」

と、悠季は言った。「今、坂井君のいるのは庶務ね」

「そうです」

「電話に出ることもある？」

「ときどきは。――でも僕では分らないことが多いので、誰かと代りますけど」

「あのね、一昨日庶務の電話に、山田妙美って女性から電話が入ったと思うの。誰が出たか調べてほしいんだけど」

坂井はちょっと考えていたが、

「――それって、殺された女性ですか」

「ええ」

と、悠季は肯いて、「殺される前に、ここに電話をかけたらしいの。誰あてにかけたか、知りたいって、刑事さんが」

「分りました」

と、坂井は言った。「じゃ、訊いておきます」

「よろしくね。昼過ぎに刑事さんが来るから」

悠季はそう言って、「呼び止めてごめんなさい」

「いえ」

悠季は、そこへやって来たデザイン担当の女性に、

「先生！　見てほしいデザインがあって」

と、声をかけられ、

「じゃ、歩きながら見るわ」

と、二人してせかせかとデザインルームへ行ってしまう。

坂井は悠季を見送っていた。

「――おはよう」

という声に振り向くと、

「あ、百合(ゆり)さん」

同じ庶務の青山(あおやま)百合である。
三十七、八歳というところか。仕事のベテランだが、同時に一人暮しのベテランでもあって……。
「――ね、坂井君」

と、二人で庶務へと向いながら、「今の先生の話……」

「聞いてたんですか」

「聞こえてたの」

と、青山百合は言った。「ね、あの電話に出たの、私だったわね」

「え?」

「そして、言われたわ。――『坂井五郎さんを』ってね」

午後の仕事が始まった一時半ごろ、北里刑事がやって来た。

「あ、どうも」

と、悠季は気が付いたが、「すみません、北里さん。ちょっと待っていただけますか」

「先生」

と、梅沢綾子が言った。「私が北里さんのお相手を」

「それじゃお願い。電話の件は坂井君に調べるように言ってあるから」

「分りました。――北里さん、どうぞ」

「恐縮です」

北里も何だかそわそわして見えたのは気のせいか。――悠季としては、
どうも綾子はあの北里刑事にちょっとひかれているらしいのだ。

「あの人も女だったのね」

と、改めて感心（？）していたのだが……。


「坂井さん」

と、綾子が呼ぶと、伝票の整理をしていた坂井は、

「はい」

と、手を休めてすぐにやって来た。

「仕事、どう？」

「ええ。何とか慣れました」

「良かったわ。――こちら、北里さん。刑事さんよ」

「悠季さんから伺ってます」

と、坂井は言った。

「山田妙美って女性からの電話に誰が出たか分った?」

と、綾子が訊くと、

「悠季さんに言われたときは、うっかりしてて気付かなかったんですが」

と、坂井は言った。「山田って女の人からの電話に、僕、出ました」

「あなたが?」

「でも、山田って、よくある名だし、必ずしもそれかどうか……」

「他の人には」

「訊いてみました。——どうしても捕まらない人もいて、全員じゃないですけど」

「外回りの人もいるものね」

「訊いた中では、他に山田って人の電話を受けた人はいません」

「じゃ、君が受けた電話では、誰に用だと言ってた?」

と、北里が訊いた。

「その相手は、『青山百合さんを』って言いました」

「青山さん?」

と、綾子は言った。「——今、どこに?」

「さあ……。昼休みの後、見かけませんけど……」

「青山百合さんは、もうここのベテランです」

と、綾子が北里に言った。「席に戻ってない？　おかしいわね」

「昼食が遅れてるのかも」

「でももう一時半過ぎてるのよ」

綾子は、他の女性社員に訊いてみた。

「――青山さん？　お昼は同じおソバやさんでしたけど、その後は見てません」

「そう……」

綾子はロッカールームに入ると、青山百合のロッカーを開けて、

「鍵、かけてないわ。――バッグもない」

「帰ったということですか」

「そのようですね」

綾子は坂井の所へ戻ると、

「坂井さん、その電話のことで刑事さんがみえるって、青山さんは知ってた？」

と訊いた。

「ええと……。そうですね。僕、電話のことを青山さんに確かめて、『どうしてそんなこと訊くの？』って言われたんで、話したんです」

「刑事さんが来るって？」

「ええ。この間の殺人事件のことらしい、って……。いけませんでしたか」

「いえ、仕方ないわよ」

綾子は北里の方へ、「――どうしますか？」

と言った。

「その女性の住所を」

「分りました。――ありがとう、仕事に戻って」

坂井は、

「はい」

と答えて、綾子と北里が足早に立ち去るのを見送り、息をついた……。

「青山さんが？」

と、悠季は手を止めて、「いないのね、今？」

「はい。これから青山さんのアパートへ行ってみます」

「そうしてくれる？　北里さん、すみませんが、私今はどうしても忙しくて」

「いや、もちろん結構です」

北里と綾子は急いでオフィスを出た。

北里が車を運転して、青山百合のアパートまで三十分ほどだった。

「この辺ですね」

と、綾子は車の外へ目をやりながら、「——それにしても、青山さんが係ってたなんて、意外です」

「そうですか」

「仕事一筋の人で……。あ、そのアパートですね、きっと」

メモを手に、綾子は車を降りると、二階建のアパートの郵便受を見て、

「——203号室ですね」

「ありがとう。僕が一人で行きます」

「どうして？　私がいちゃ邪魔ですか？」

「そうじゃありませんが……。では行きましょう」

二人は一緒に狭い階段を上った。

いかにも古ぼけたアパートで、実際半分くらいの部屋は空いたままのようだ。

「青山さんらしいわ。倹約してたから」

「そのようですね」

「ここだわ」

と、足を止め、「私が声をかけますね。その方が青山さんも警戒しないでしょう」

「分りました。声をかけたら、脇へどいて下さい」

と、北里は言った。

綾子がドアを叩いて、

「——青山さん？　梅沢です。います？　青山さん？」

と呼びかける。

返事はなかったが、その代り、ガラスの割れるような音がした。

「青山さん！」

綾子がドアを開けた。鍵はかかっていなかった。

「いけません！」

北里が綾子を引き戻そうとした。

正面の窓ガラスが割れて、男が外へ出て行こうとしていた。

綾子は、部屋の真中に仰向けに倒れている青山百合に気付いて、

「青山さん！」

と、声を上げた。

そのとき、窓をのり越えて逃げようとしている男が拳銃を抜いていた。

北里が綾子の肩に手をかけたとき、正面の男が引金を引いた。

銃声と共に、綾子は脇腹を押えてうずくまった。

「梅沢さん！」

「大丈夫です！」

綾子は傷を押えて、「追いかけて！」

と叫ぶと、そのまま倒れてしまった。


「申し訳ありません」

北里は汗を拭おうともしないで、「こんなことになるとは……」

「いえ」

悠季は首を振って、「でも、そうひどい傷じゃなくて良かった」

ベッドで綾子は眠っていた。

「弾丸がかすめただけでしたから……」

「青山さんは——殺されたんですね」

「首を絞められていました」

と、北里は言った。「犯人を追うことができなくて……。まず、綾子さんのことを助けなくてはと」

「犯人を見付けて下さい。ぜひ」

と、悠季は言った。

綾子が、ちょっと息を荒くして、目を開けた。

「──先生」

「気が付いた？　ゆっくり休んでね。危い目にあわせて、ごめんなさい」

「いえ……。青山さんは？」

「亡くなったわ」

「もう少し早く着いていれば……」

「君のせいじゃない」

北里は綾子の手を握った。「君を一緒に連れて行ったのが間違いだった」

「そのまま握っててね」

と、綾子は言った。

悠季は、早くも北里が綾子の言うなりになりつつある、と感じていた……。

15　隠された顔

「それにしても妙ね」

と、悠季は言った。

「――何ですか？」

綾子がベッドで言った。

「あなたたちがアパートへ向って、ちょうど誰かが青山さんを殺しに来たの？」

北里が首をかしげて、

「確かに」

と言った。「あのタイミングは……」

「大体青山さんがどうして？」

と、悠季は首を振って、「理由が分らないわ」

「あの人――地味な人でしたものね」

「人間、誰でも隠れた顔は持ってるわ」

と、悠季は言った。「でも、性格とか、変らない部分はあるでしょ」

「青山さんはどうして殺されたんでしょうね？」

「何か知ってたのよ、きっと。――誰かに都合の悪いことを」

「山田妙美が青山百合に電話した……。そのことを知られて、犯人はとっさに青山百合まで殺してしまった……」

と、北里は言った。

「それって、よほどのことね。人一人殺すなんて、簡単じゃないわ」

と、悠季は言って、「あなたまで、もしかしたら命を落とすところだったんだから」

「私は死にません」

綾子が言うと、本当のことに聞こえる。

「死なれてなるもんですか！」

と、北里は力強く言ってから真赤になった……。


「坂井君」

と呼ばれて、坂井五郎はハッと我に返った。

「――すみません、つい……」

「大丈夫？　具合悪いの？」

「少し……風邪で、熱っぽくて」

「まあ、気を付けて」

年上の女性にはやさしくされる坂井である。

「早退したら？　そう急ぐ仕事でもないでしょ」

「でも……」

と言いかけて、「すみません。じゃ帰らせてもらってもいいですか」

「いいわよ。パソコン、そのままで」

「はい」

——坂井はロッカールームへ行くと、ケータイを取り出し、周囲を見ながらかけた。

「——もしもし」

と、押し殺した声で、「坂井です。あの人のこと……」

向うの話を聞いている内、坂井は青ざめた。

「そんな……。殺さなくても！」

つい声が大きくなり、坂井はあわてて周囲を見回した。

「殺さなくたっていいじゃありませんか！」

しかし、向うの言葉に坂井は呑まれた様子で、「——分りました。ともかく……この仕事、危いですよ」

坂井はため息をついて、

「――分りました。それじゃ……」

通話を切ると、坂井はがっくりと肩を落とした。

帰り仕度をすると、坂井は足早にビルを出た。そして、まだ明るい通りを少し行って、足を止め、またケータイを取り出した。

「――あなた？」

妻の友子が出た。

「今日、早く帰れたんだ。――な、愛を連れて出かけて来ないか？」

「出かけるって、どこへ？」

と、友子がびっくりしている。

「三人で外食なんて久しぶりだろ？」

「まあ……。いいの？」

「ああ。たまにゃいいさ」

「そうね」

と、友子は笑って、「じゃ、仕度して出るわ」

「ああ。地下鉄のN駅の改札口で待ってる」

坂井は、妻との通話を切ると、ゆっくりと歩き出した。

「——今の、五郎君じゃない？」

車の中から、通りを行く坂井五郎を見て、悠季は呟いた。

むろん、坂井の姿はすぐに人ごみに紛れて分らなくなった。

オフィスに入ると、

「先生、梅沢さんは？　手術ですか？　でも大丈夫？」

と、みんなが駆け寄ってくる。

「ええ、大丈夫。大したことないわ」

と、悠季は笑顔で言った。「あの人のことだから、びっくりするぐらい早く戻ってくるわよ、きっと」

悠季の言葉で、みんな安心した様子。

人気あるんだ、綾子さん……。

あんなに口やかましくても、やるべきことはきちんとこなす。そういう綾子は信頼されているのだろう。

デザインルームへ入ると、

「先生」

と、弟子の一人が、「先生にです」

と、ケータイを渡す。

「私？」

当惑して手に取ると、何と綾子からで、ベッドに寝ている姿が映っている。

「どうしたの？」

「私がいないからって、先生、サボっちゃいけませんよ！」

と、綾子は言った……。

「――呆れた」

悠季は苦笑しながら本業に戻った。

「――先生、聞きました」

と、エリカがやって来た。「誰か殺されたって……」

「そうなの。でも、まだ詳しいことは分ってないから。あなたが心配することないわ」

「でも……」

と、エリカは表情を曇らせて、「父が会ってた女の人が係ってるんですよね」

「山田妙美さんね。――そうね、彼女がここへ電話してるってことだけど」

「父が何か隠してるんでしょうか」

「それは、北里って刑事さんが調べてるわ。お父さんの所へも行ってるはずよ」

悠季は穏やかに、「ともかく、ここにいる間は、余計な心配しないで、仕事をしてちょうだい。バイト代をもらってるんだからね」

「はい！」

エリカはホッとしたように微笑んで、仕事に戻って行った。——エリカの若々しい姿に、悠季も安堵する。

私にも、あんなころがあったんだ……。

そう。——五郎と一緒に、あの男女の凄絶な死を目の前にしたのは、今のエリカと同じ十六歳だった。

若さは、深い傷や悩みを、いつか乗り越えさせてくれるものだ……。

しばらくはデザインに集中し、いつの間にか外が暗くなっていた。

「こんな時間……。もう帰ってもいいわよ」

と、スタッフに声をかける。

半分くらいは残って仕事を続けた。

「適当に何か食べて来てね。ちゃんと食べないと体に悪いわ」

と、声をかけ、「私、ちょっと食事してくるから」

まず自分が食べに出ないと、他の子たちも出かけにくい。

デザインルームを出ると、ちょうどエリカと会ったので、誘って近くのパスタの店に行った。

エリカは本当にこの仕事が楽しいようで、目が輝いている。

「──先生、すみません」

と、二人が食事しているテーブルの所へやって来たのは、経理の女性。

「どうしたの?」

「あの……いいですか、今?」

「いいわよ。かけて」

「はい……。あの、坂井さんって、先生の古いお友だちとか」

「五郎君? まあね。──彼がどうかしたの?」

「実は……」

と、少し口ごもって、「坂井さん、具合が悪いって早退したんですけど」

「帰るのを見かけたわ」

「あのとき──私、ロッカーに、欲しい物があって取りに行ったんです。そしたら男性のロッカールームのドア越しに、坂井さんが電話してる声が……」

「何と言ってたの?」

「それが……。もしかしたら聞き違いかもしれないんですが」

「言ってみて」

「ええ……。『殺さなくても』って、聞こえたんです」

「――殺さなくても、って？」

「ええ。その後、少し声を小さくして、『殺さなくたっていいじゃありませんか』って……。意味は分りませんけど」

悠季は、少しの間言葉を失っていた。

青山百合のことを教えてくれたのは坂井だった。そして直後に青山百合は殺された。

坂井が、「殺さなくても」と言っていた……。

「すみません、お話していいものか、迷ったんですけど」

「話してくれてありがとう。――後は任せて」

「はい。お邪魔しました」

ホッとした様子で、その女性は出て行った。

「先生……」

と、エリカが言った。

坂井の話は嘘だったのかもしれない。

早退した。――どこへ行ったのだろう？

いや、妻も子もいるのだ。どこへも行けまい。

「あなたは心配しないで」

と、悠季は、エリカの手をやさしく取って、

「さ、食べてしまいましょ」

——坂井のアパートへ行ってみよう、と悠季は思っていた……。


「何かあったのね」

と、友子が言った。

坂井五郎は食事の手を止めて、

「何か、って？」

「隠さないで」

坂井はチラッと娘の愛の方を見た。

愛は、もうお腹一杯になって、椅子の中で器用に眠っていた。

洋食のレストランは、混雑していた。

「分るわ、私には」

と、友子が言った。「あなたは正直な人だもの」

「やめてくれ」

と、坂井が目をそらす。

「ほらね」

と、友子は微笑んで、「ごまかすこともできないじゃないの。――お願い。正直に話して」

坂井は、ため息をつくと、

「友子……。別れてくれ」

と言った。

「あなた……」

「女のこととか、そんなことじゃない。ただ――俺はまた刑務所行きになりそうだ」

「あなた！　何をしたの？」

友子はじっと夫を見つめて、「――まさか人殺しとか」

「違う！　そんなこと、するもんか」

「それならいいけど……」

「俺は……裏切った。梓さんを」

「あの方を？　どうして？」

坂井は答えなかった。

「あなた……。私と愛のために？」

「いや、自分の弱さのせいだ。――言いわけはできないよ」

と、坂井は言った。「ともかく、お前たちを巻き込みたくない。別れて、どこか別の所へ行ってくれ」

「あなた」

友子は夫の手に自分の手を重ねて、「今さらそんなこと言わないで。大体、私、どこも行く所なんてないわ」

「だけど――」

「私たち、ずっと一緒だわ。ね？」

坂井は泣き笑いのような顔になった。


悠季は、タクシーを降りた。

「確か、ここよね……」

坂井の住んでいるアパートである。

しかし、アパートの前で、悠季は足を止めた。

車が停っている。――普通の自家用車という感じではないのだ。

悠季は、電柱のかげから様子をうかがった。

男が一人、運転席にいて、車もエンジンをかけたままだ。

そのとき、アパートの中で、銃声がした。

ハッとして体を固くすると、さらに銃声が数発、たて続けに聞こえた。

そして、アパートから男が二人、走り出て来た。

「急げ」

と、一人が言って、二人の男は車へ乗り込む。

車はタイヤをきしませながら、走り去った。

「坂井君……」

悠季は駆け出した。

アパートの中へ入ると、坂井の部屋のドアが開け放されていた。

「坂井君！」

と、悠季は呼びながら中へ入った。

明りは点いていた。——悠季は、凄惨な光景を想像していたが、そこには誰もいなかったのである。

敷いてあった布団が、銃弾を撃ち込まれてズタズタに裂けている。しかし、布団をめくって、撃った人間は、そこが空だと知ったのだ。

トイレのドアも弾丸が穴をあけていた。

留守をしていると思わずに、銃弾を浴びせて、失敗を悟って逃亡したのだろう。

しかし——どこへ行ったのだろう？

近所の人が廊下へ出て来たようだ。

悠季は部屋を出て、隣人らしい主婦へ、

「一一〇番して下さい」

と頼んだ。「部屋は空で、誰も撃たれていません」

「まあ、良かった」

「坂井さん、どこへ出かけたか、ご存じですか？」

「さあ……」

「じゃ、よろしく」

悠季はアパートから外へ出ると、北里刑事のケータイへ電話した。

「――すると、坂井君が？」

「犯人ではないと思いますが、何か知ってるんでしょう。彼のケータイへかけましたが、通じません」

「逃げたのかな。ともかく、すぐそっちへ向います」

「お願いします」

悠季がケータイをしまって、アパートの方を見ていると、

「――悠季さん？」

と、声がした。

びっくりして振り向くと、当の坂井が、子供を抱っこして、妻の友子と一緒に立っ

ていたのである。

「坂井君！　どこに行ってたの？」

と、悠季が訊いた。

「ちょっと食事に……。どうかしたんですか？」

「どうかした、どころじゃ……。でも出かけてて良かった！」

悠季が説明すると、坂井は真青になった。

「あなた……」

と、友子が坂井の腕にすがりつくようにして、「殺されるところだったのよ」

「うん……」

「坂井君。——ともかく今、パトカーが来るわ」

「悠季さん……」

「何か知ってるのね？」

「でも、今は……。友子たちを安全な所に」

悠季は、坂井の腕の中でぐっすり眠っている愛を見ていたが、

「——仕方ないわね」

と、ため息をついて、「一緒に来て」

と、坂井たちを促した。

タクシーを拾って、向ったのは自分のマンションだった。

「いいんでしょうか」

と、友子はすっかり恐縮している。

「ともかく、愛ちゃんを寝かせて下さい」

と、悠季は言った。「ソファにでも。毛布を持って来ます」

「すみません」

居間のソファに愛を寝かせて、

「――子供はいいわね」

と、悠季は言った。

「悠季さん……」

「ね、坂井君」

と、ダイニングのテーブルについて、「憶えてるでしょ、あのときのこと」

「あのときって……」

「私たちの目の前で、二人の人が殺されたときのこと」

「忘れられっこないよ」

「そうね。――私、あのとき、気付いたの。命がけでやることが、生きることだって」

と、悠季は言った。「それに、あのとき私たちが殺されてもおかしくなかったわ」

「うん……」

「あのとき死んだ二人……。小沼ってヤクザと、有田充子。有田充子には、女の子がいた」

「ずっと憶えてるんだね」

「あの二人と出会ったことが、私を変えたんだもの。本当の偶然でしかない出会いが、人の一生を変えることがあるのよ」

と、悠季は言った。「交差点で、信号一つずれただけで、会う人と会わない人が、全然違ってくる。それをただ『偶然』で、何の意味もないと思うか、『運命』だと思うか。それが生きる分れ道なんだわ」

「交差点か……」

「いい出会いも、悪い出会いもある。でも、悪い出会いを、不運だって嘆いてたって仕方ないのよ。――ね、坂井君」

「うん……」

坂井は肩を落として、「俺は……だめな人間なんだ」

と言った。

16 恋心

「もしもし」

と、岡部は言った。「ナターシャ？」

「ええ」

ナターシャは小声で、「今、どこにいるの？」

「表だ。君は？」

「先生のマンションを抜け出したところよ」

ナターシャは通りへ出て、左右へ目をやると、「タクシーが来たら拾って乗るわ」

「分った」

ナターシャはケータイを手に、空車の通るのを待った。

「どこで待っててくれる？」

「仕事が午前一時くらいに終る予定なんだ」

と、岡部伴之は言った。「六本木へ来られるかい？」

「もちろんよ。あ、空車だわ」

ナターシャはタクシーを停めて乗ると、「六本木へ」

「じゃ、近くへ来たら、もう一度かけてくれるかい？」

「分ったわ」

ナターシャは一旦通話を切った。

そして、そっと口の中で呟いた。

「ごめんなさい、先生……」

今までナターシャをかくまってくれていた悠季のもとを、黙って出て来てしまった。

しかし、もう出てしまったのだ。今さら迷っても仕方ない。

タクシーは六本木へと向った。

夜中でもあり、思ったよりずっと早く六本木近くへ来て、ナターシャはケータイで岡部にかけた。

「――もしもし？　今、交差点の少し手前なの」

「分った」

と、岡部は言った。「〈J〉ってクラブ、憶えてる？」

「いつか、写真の撮影に使った店ね」

「そうそう。今、そこでロケしてる」

「行ってもいいの?」

「大丈夫。そうスタッフも大勢いないし」

「分ったわ」

交差点でタクシーを降りると、ナターシャは細い道へと入って行った。

小さなビルがひしめき合う通りは、夜中でも人が多く出ている。

「確か……この奥よね」

いささか自信はなかったが、ともかく声をかけられるのを避けるように、小走りに人の間を抜けて行く。

「――ここだ」

ホッとして、息を弾ませつつ、〈J〉の看板を見上げた。

ドラマの収録だと、本番中に邪魔してはいけない。――ナターシャは入口のドアを開けるのをためらった。

でも、妙だわ。

ドラマの収録中だったら、必ずスタッフの誰かが表に立っているはずだけど……。

ナターシャはそっとドアを引いて、

「失礼します……」

と、小声で言って、中へと入って行った。

中には人がいなかった。

え？——どうして？

戸惑いながら、

「伴之さん。——いるの？」

と、呼びかける。

すると、奥から岡部が出て来た。

「やあ、早かったね」

「良かった！　お店、間違えたかと思ったわ」

ナターシャは岡部に駆け寄ると、抱きついてキスした。

「——会いたかった」

「僕もさ」

岡部は微笑んで、「もう少しで終るから、ここで待ってて」

「うん」

と肯いて、「でも、どこで撮影してるの？」

「この奥さ。狭いからね」

「じゃ、ここにいるわ」

ナターシャはバーカウンターの椅子に腰をかけた。

「じゃ、すぐ戻るから」

岡部が軽くナターシャにキスする……。

ナターシャは、カウンターに肘をついて、ぼんやりとしていた。

奥で、とは言ったが……。

それにしても、人の声も物音も聞こえては来ないというのはおかしい。

でも、まあドラマなどナターシャはさっぱり分らない。ここで待っていればいいんだわ……。

少し眠気がさして、ウトウトしかけていると――入口のドアが開いた。

顔を上げると、見知らぬ男たち。しかし、どう見ても、ヤクザである。

ナターシャは目が合わないようにうつむいたが――。

「一緒に来てくれ」

男の手が、ナターシャの肩に触れた。

「何ですか」

と、ナターシャは手を上げて、男の手を払いのけると、「人違いでしょ」

「ナターシャだろ。分ってる」

「え……」

「車に乗るんだ」

「いやです！　私——」

岡部が出て来た。「伴之さん！　この人たちが……」

「ナターシャ。大丈夫だから、その人たちについて行きな」

ナターシャは耳を疑った。

「どういうこと？」

「もう帰っていいぜ」

と、男たちの一人が岡部に言った。「ご苦労さん」

岡部は会釈すると、ナターシャを見ないようにして、駆け出すように店から出て行ってしまった。

ナターシャは愕然としていた。

「さあ、行くんだ」

と、背中を押されて、ナターシャは歩き出す。

表に出て、狭い路地を抜けると、少し広い通りへ出た。

そこに白のリムジンが停っていた。

ドアを開け、男がナターシャを中へ押し込む。

「やれ」

座席にナターシャと並んで座った男が言った。リムジンが走り出す。

「――彼氏を恨むな」

と、男が言った。「あんなタレントは、俺たちのような者ににらまれたら仕事ができねえからな」

「あの人に……」

「金も払った。ちゃんと受け取ったぜ」

男はニヤリと笑った。

ナターシャは、男が嘘を言っているとは思わなかった。

タレントは、少しぐらいTVで顔が売れていても、普通の人には信じられないくらい安い給料しかもらっていない。

ナターシャの方が、ずっと収入はあるのだった。

ナターシャは、車が高速へ入るのを見て、

「――どこへ行くの？」

と訊いた。

「着けば分る」

「でも……。あなた方、誰に言われて来たの？」

「向うへ着けば分る」

男はそうくり返すだけだった……。

ナターシャは、どうすることもできなかった。

高速を、リムジンはスピードを上げて駆けて行く。この車から飛び下りたら死ぬだろう……。

先生。――勝手なことをした報いね。

ナターシャは半ば諦めて、目を閉じた。

そのとき、バッグの中でケータイが鳴った。

ハッとして男の方を見る。

男は意外なことに、

「出ろよ」

と言った。

「――もしもし」

「ナターシャ！　どこにいるの？」

悠季からだった。

「あの……車の中です」

「車？　誰と一緒？」

「あの……分らないんです」

と、ナターシャが言うと、

「貸せ」

男がケータイを取り上げて、「ナターシャを預かるぜ」

と言った。


「伊河さん」

と、呼びかけられて、ウトウトしていた伊河は目を開けた。

「——何です？」

若い看護師が覗き込んでいる。

「あの……ごめんなさい、寝てるところに」

「いや、構わんよ」

と、息をついて、「どうかした？」

「電話がかかってるんです。ナースセンターに」

「俺あてに？」

「ええ。——もう遅いから、って言ったんですけど、どうしても起してくれって言われて」

「分った」

伊河は起き上って、ベッドから下りると、エリカが置いて行ったガウンをはおって病室を出た。

「——その電話です」

「ありがとう」

伊河は受話器を手に取ると、「もしもし、どなた？」

「やあ、病人を呼び出して悪いな」

と、冷ややかな声。

「——氷室か。何の用だ」

「なあに、ちょっと知らせたいことがあってな」

「何だ」

「ナターシャを預かってる」

「何だと？」

「傷はつけちゃいない。今、ナターシャを助けに、あの梓ゆきって女がやって来る」

「氷室、お前——」

「こっちの目当ては梓ゆきの方だ」

「どういうことだ」

「あの女にゃ色々邪魔されて、若い奴らが頭へ来てるんだ。ここへ呼びつけて、思い切りいたぶってやる」

伊河は表情をこわばらせ、

「氷室。お前も情ない奴だな。素人をそこまで巻き込んで、恥ずかしくねえのか」

「時代遅れな奴だ」

と、氷室は笑って、「今は素人も何もねえ。金になるかどうかだ」

「金をゆする気か」

「あの梓ゆきってのは、結構な商売をしてやがるんだろう。現金を持って来させて、交換してやる」

と、氷室は冷ややかに、「こっちで充分味わってからな」

「貴様……」

「女を助けたいか。――代りにお前の命をもらってもいいのなら取引きするぜ」

伊河はチラッと看護師の方へ目をやった。

「どこでどう取引きするっていうんだ」

「〈坊っちゃん〉の首をとって来い」

「何だと？」

「それなら、梓ゆきは傷ものにしないで返してやる。ナターシャもだ」

伊河は頬を紅潮させて、

「分った。その通りにしてやろう」

と言った。「本当にあの女に手を出すなよ」

「ああ、約束する」

「〈坊っちゃん〉をやるのに時間がかかる。朝まで待て」

「午前四時だ。それまでに、俺の別荘へ来い。知ってるな」

「ああ」

「必ずだぞ」

電話は切れた。

伊河は受話器を置くと、

「ありがとう」

と、若い看護師に声をかけて、病室へと戻った。

自分のベッドに腰をかけると、伊河はしばらく額にしわを寄せて考え込んでいたが……。

立ち上って、ガウンを脱ぐと、

「伊河さん……」

振り向くと、あの若い看護師が立っていた。

「どうかしたかね？　検温なら、明日にしてくれ」

と、伊河は言った。

「いいえ」

と、看護師はそばへ来ると、「お電話の様子がただごとでなかったものですから」

「そんなことは――」

「私たちの知らないことでしょうけど。でも、あなたが命を粗末にされるのを、見て見ぬふりはできません」

伊河は面食らった。

「あんたは……」

「私の弟は、ヤクザ仲間の私刑で死にました」

と、看護師は言った。「私は、ボロボロになった弟の体を見て、泣きました。そして看護師になる決心を」

「あんたが……。そうだったのかい」

「あなたのご様子を見ていると、どういう方か、見当がつきます。でも、とてもいいお顔をされていたので、この人は足を洗ってやり直そうとしてる、と思ったんです」

「だがね……」

「娘さんが可哀そうですよ。命のやりとりなんて、馬鹿げたことです」

伊河は微笑んで、

「恩のある女性が危い。命をかけても、その人を救わにゃならないんだ」

「その方がそれを望んでおいでですか?」

「望むまい。だからこそ、助けなきゃ」

「死んだら助けられませんよ」

と、看護師は言った。「その前に、できるだけのことを。あなたは一人じゃないんですから」

伊河はハッとした。

そうだ。氷室の言うことを、丸ごとうのみにしていたが、果してどこまで本当か。

「――ありがとう」

と、伊河は言った。「あんた、ケータイ、持ってるかね」

「持って来ます。使って下さい」

看護師が急いで出て行くと、伊河はともかくパジャマを脱いで服を着た。

「全くだな……」

俺みたいな男は、すぐ命を張りたがる。それが男らしい、と思い込んでいるからだ。

しかし、あの梓悠季を見ていると、本当に「勇気がある」ってのはどういうことか、教えられる気がするのだ。

日々、コツコツと努力をして、少しずつでも業績を積み上げて行って得られるもの。

――それは一発勝負で手に入るものに比べたらささやかかもしれないが、しかし、箇単には失われないものだ。

それは結局、人を生かしてくれる。

あの氷室の挑発に簡単に乗ろうとしていた自分が、恥ずかしかった。

あの看護師が戻って来た。

「やあ、すまんね」

「いいえ、もっといいものが」

と微笑む。

「お父さん！」

何と、エリカが立っていたのだ。

伊河は幻を見ているかのように、目を丸くして、

「お前……。どうしたんだ、こんな所に」

「夢見たの」

「夢？」

「お父さんが一人で突っ走って、崖から飛び下りる夢」

「どうして俺が崖から飛び下りなきゃいけないんだ？」

「知らないわよ。でも、それでハッとして目が覚めたの。——お父さんが、何か危いことしようとしてるって気がして、やって来たら……。やっぱりそうだったのね」

「聞いたことがないぞ、そんな話」

「だって本当なんだもの」

と、エリカは言った。「今、看護師さんから聞いたわ。どうしたっていうの？」

「ああ……。ともかく廊下へ出よう」

伊河はエリカを促して、静かな廊下へ出ると、ソファのある休憩所で、氷室からの電話の話をした。

「悠季先生が？　すぐ連絡してみるわ」

エリカはケータイを取り出して、悠季へかけた。

「――エリカです。ナターシャさんに何か？」

「まあ……。どうして知ってるの？」

と、悠季は当惑している様子。

「今、父の病院にいるんです。ちょっと待って下さい」

エリカがケータイを渡すと、伊河は悠季に事情を話した。

「その話にすぐ乗せられるところだったんですか？　呆れた！」

「そう言うな。――では、まだあんたは無事なんだな」

「ナターシャを救い出さなきゃ、とは思ってますよ」

「うん。――しかし、氷室の話に騙されてるふりをした方がいいな」

「そうですね。お願いですから、自分一人で敵の所へ乗り込んでやろうなんて、ヤクザ映画みたいな真似はしないで下さいね」

「分ってる。――しかし、氷室は卑怯な奴だ。どんな手でも使う。そのつもりでいた方がいい。その人間の一番弱い所を攻めて来るからな」

「待って下さい」

と、悠季はちょっと考え込んだ様子で、「お母さん……」

と呟いた。

「どうかしたか?」

「いえ……。ちょっと母のことが心配になって」

と、伊河は言った。

「ああ。同じマンションにいるんだったな。見て来た方がいい」

「そうします」

と、悠季は言った。「またかけ直します」

「このまま持って出た方がいい。待ってるから」

「分りました」

悠季は母の部屋の鍵を持って、急いで飛び出した。

「――お母さん？」

チャイムを鳴らし、呼びかけてみたが、返事がない。

ドアが開いてる！

悠季は血の気がひいた。急いで中へ入る。

「お母さん！」

居間へ入って、立ちすくんだ。ソファが引っくり返されている。

寝室を覗くと、ベッドは空で、掛け布団はめくれたまま。

「お母さん！」

と呼んでから、ケータイを耳に当て、「母の姿がありません」

と言った。

「遅かったか」

さすがに、悠季もケータイを持つ手が震えた。

母に「危険だ」と言ったことはあるが、それでも本当に母が連れ去られるとは思っていなかった。

「もう一度捜してみます」

と、諦め切れずに言って、母の部屋の中を見て回った。

「――どうだ？」

と、伊河が訊いてくる。

「いません。やっぱり——氷室ですね」

「他に考えられないな。母親をエサにして、あんたを釣り上げるつもりだ」

「母は……。母は生きてるでしょうか」

「エサにする以上、大丈夫。——私に任せなさい」

と、伊河は言った。

そのとき——。

「クシュン！」

と、どこかでクシャミが……。

え？　今のって……。

「お母さん！　どこ？」

と、悠季が呼ぶと——。

「あんたなの」

「キャッ！」

悠季は飛び上りそうになった。

母、みすずがずぶ濡れで立っていたのである。一瞬、幽霊かと思った。

「お母さん！——生きてるのね？」

「風邪ひいてるかもしれないけどね」

と、みすずはもう一度クシャミをした。

「どうしたっていうの？」

「誰か、二、三人が押し入って来たんだよ」

と、みすずは言った。「玄関のチェーンを切ろうとしてるのを見てね、急いで隠れたのさ」

「どこへ？」

「お風呂だよ。湯舟のお湯を抜いてなかったから、そこに浸って。――入浴剤入れてたから濁って見えないだろうと思ってね」

「頭まで浸ってたの？」

「風呂を覗きに来たんで、そのときだけ、息を止めて頭まで潜って、じっとしてた」

「よくまあ……溺れなかったわね！」

「私は海育ちだよ」

と言って、みすずはまたクシャミをした。

「着替えて！　良かったわ。てっきり連れ去られたと思ってた」

「そう馬鹿じゃないわよ。チェーン掛けてたから、中にいるのは確かってことでしょ。だから、風呂へ隠れる前に、ベランダに出る戸を開けといたの。そこから逃げたと思うでしょ」

「落っこちるよ」

「でも、他に考えられないと、人間信じるもんよ。五、六分で出てったよ」

みすずはふしぎそうに、「悠季、お前、そのケータイは?」

「あ、いけない。つながってた!――もしもし!」

みすずは肩をすくめて、

「じゃ、着替えるよ。パンツから替えなきゃね……」

と、寝室へ。

「――大したお袋さんだな」

と、伊河が笑って言った。

「良かった! 自分の母ながら大した人です」

「氷室の奴はしつこいからな。お袋さんはどこか安全な所へ移した方がいいかもしれんぞ」

「はい、分ってます」

「氷室の企みも、あちこちボロが出始めてる。ここは、うまく乗せられたように見せかけて、逆に奴の足下をすくってやろう」

「じゃ、一旦切って、かけ直します」

悠季は、ともかく胸をなで下ろした。

母、みすずは、熱いシャワーを浴びてホッとした様子で、バスローブを着て現われた。

「お母さん。——また狙われないとも限らないわ。店を一旦休んで、どこかに身を隠してよ」

「店を休むの？」

と、みすずは不満そうだ。

「お母さんは覚悟できてても、もし人質にでもされたら、放っとくわけにいかないのよ」

「分ったわよ。でも、どこへ行くの？」

「どこか探すわ」

と、悠季が言うと、

「ちょっと待っとくれ！」

と、みすずは何を思い付いたのか、急に目を輝かせたと思うと、何やらパンフレットのような物を持って来た。

「——ね、これ見とくれ」

と、悠季の前に広げて見せたのは——〈豪華客船の旅〉という、金持相手のツアー。

「これが……」

「ほら、明日出発のコースがあるのよ。一か月間かけてヨーロッパを回るの」

「ヨーロッパ？」

「一人、三百万円かかるけど、海の上なら安全だろ？」

悠季は、母の突拍子もないアイデアに、呆気に取られていた。

「でも……明日出航だよ？　間に合う？」

「大丈夫よ。向うは商売。お金さえ現金で払えば」

そりゃそうかもしれないが……。

確かに、いくら氷室でも、突然〈豪華客船の旅〉に出かけてしまうとは思うまい。

「まあ、お金がもったいないって言われたら、そうだけど……」

「いいえ！　お金のことなんかじゃないの。――分ったわ！　明日の朝一番で銀行へ行ってお金を下ろして、船に乗せてあげる」

「ありがとう」

と、みすずはニッコリ笑って、「一度乗ってみたかったの、この客船に」

全く……。

呆れるというか、笑ってしまうというか。

ユニークなことを考える人だ。

悠季は、一旦母を自分のマンションに連れて行くことにしたが、そのときにはみすずはスーツケースに着替えや旅行用品を詰め込んで持っていた……。

むろん、ナターシャのこと、伊河のことも心配だが、母の少しも動じない姿を見ると、すべてうまく行くような気がしてくる悠季だった……。

17 逆襲

ボーッと汽笛が鳴って、真白な豪華客船はゆっくりと桟橋を離れて行った。

船上で手を振っている母の姿がすぐに小さくなって見えなくなる。

「――行ってらっしゃい」

と呟いて、悠季は車の方へと戻って行った。

「無事出港したようだな」

車では、伊河が待っていた。

「ええ、元気そのもので」

「愉快な人だな。お前もその血を引いてるんだ」

「そうかもしれませんね」

と、悠季は車に乗ると、「でも、母にはかないません」

「女は強いな。しかも年齢（とし）を取ってりゃ、ますます強い」

「実感こもってますね」

と、悠季は笑って言った。

ともかく、これで母みすずは大丈夫だ。

「氷室の方はどうですか」

「お前のお袋さんをかっさらうのにしくじって、あんまり強くは出られない。——ともかく今日中に坊っちゃんの首をとって来いと言ってる」

「勝手な奴」

悠季も怒っていた。

「俺みたいな人間は、もう時代遅れなんだ」

と、伊河は言った。「自分の命をかけて戦うなんてのはな。今は、人を騙して、代りに他の奴ら同士で争わせたりする。情ないね」

「殺し合ったりすること自体が馬鹿らしいですよ」

と、悠季は言った。

悠季が運転する車で、「坊っちゃん」、今村正実のいる病院へと向っていた。

「——なあ」

「何ですか」

「お前のその度胸は、どこから来てるんだ？　ヤクザの血を引いてるとも思えないがな」

「それは……」

と、少しためらって、「若いころ、目の前で人が殺されるのを見てからです」

「人殺し？」

「大勢の人に撃たれて。——男と女でした。二人とも、死を覚悟して、立ち向ったんです」

「どうしてお前がそこに？」

「たまたま、男の子とデートして、そこで抱き合ってたんですけど、そこへ二人が逃げて来て……」

悠季は、その二人、小沼という男と、有田充子が殺されるのを見届けたことを話した。

「あれで、人生が変ったんです」

と、悠季は言った。「命がけで、真剣に生きてみようって思いました。死ぬ気でいれば怖いものなんかない、って」

伊河はじっと話を聞いていたが、

「そう思ったのは、お前の素質だ。普通ならそこまでは考えないもんだ」

「それはそうかもしれません。私、求めていたんです。何か人生を変えてくれるものを……」

「そうか」

伊河は前方をじっと見たまま、「――その二人は、死ぬ前に愛し合ったんだな」と言った。

「ええ……。私、あんな風に……男と女が激しく交わる姿なんて、想像したこともありませんでした」

と、悠季は生々しい記憶を辿りながら、「今でも、あのときの二人の上げた声、汗の匂いまで思い出せます」

「そんなにか」

「二人とも、これで人生最後だって分ってたんでしょうね。だから、思い切り燃焼させ、燃え尽きたんです」

「お前は――その相手の男と、どうなったんだ」

「別れましたよ。その子は今、うちで働いてる坂井五郎君です」

「なるほど……」

「ともかく、あの後では、新しいことに挑戦したりするのが、少しも怖くなくなったんです。ちょっと怯じ気づいたりすると、あの二人が夢に現われて、『だらしないぞ！』って叱るんですよ」

と、悠季は微笑んだ。「変ですよね、あのとき会っただけなのに。ろくに知りもしない人たちでしたけど、それくらい印象が強烈だったんでしょうね」

「うん……。いい話だ」

と、伊河は腕組みをして、「やはりお前はただ者じゃなかった。俺の直感は当るんだ」

伊河が、何だか妙に本気なのがおかしかった。

「その直感で、宝くじでも当てて下さいよ」

と、悠季は言った。

「馬鹿言え。そんな下らないことに、俺の直感は使わないんだ」

と、伊河は言った。

車が走る。――しばらく悠季は運転に集中していた。

車が赤信号で停ると、

「俺も、そんな奴を知ってた」

と、伊河は言った。

「え？」

「命がけの二人さ」

「やっぱり死んだんですか」

「ああ」

と、伊河は肯いて、「逃げ切れないと覚悟してな」

「伊河さんが――」

「俺がやったわけじゃない」

「そうですか。良かった」

「しかし、話には聞いた。――奴らは立派だったと」

「まさかその二人って……」

「同じ奴らじゃないさ。そんな偶然はない。そうだろ?」

「そう……ですね」

悠季は何だか妙な印象を受けた。

伊河の知っている「二人」が、悠季の話したのと同じ男女かもしれないと、伊河自身が思っていて、悠季に否定してもらいたがっている、というような……。

そんな奇妙な印象を受けたのだ。

むろん、それは考え過ぎかもしれないが……。

――やがて、病院が見えて来た。

「正面につけていいんですか?」

「ああ、大丈夫だ」

伊河は肯いた。

少し手前の赤信号で車を停めると、

「どうするんですか？」

と、悠季は訊いた。

「心配するな。坊っちゃんを殺しゃしない」

と、伊河は言った。「しかし、氷室の奴を油断させなきゃいかん。今村組長と話をする」

「よろしく。ともかく誰も死なないですむようにしましょうね」

と、悠季は言った。

病院の入口のそばには、今村の子分が目立たないように見張りに立っていた（といっても目立つが）。

「こりゃどうも」

伊河と悠季を見て、あわてて頭を下げる。

病院の中へ入ると、

「一緒に来るのか」

と、伊河は言った。

「ここまで来たんですもの」

「それもそうだな。ナターシャを無傷で取り戻さないと」

「ええ」

と、悠季は肯いた。

正直、ナターシャが無事でいるかどうか、それが一番心配なところだ。

「氷室の所で、ひどい目にあってなきゃいいんですけど」

と、病院の廊下を歩きながら言った。

「そうだなあ。――氷室は、冷静にものごとを考える奴じゃないからな」

と、伊河は言った。「しかし、大切な取引材料だ。特に今となっちゃな」

「じゃ――」

「命は大丈夫だ。――いざってときは、それだけでも感謝しないとな」

「ええ……」

悠季は重苦しい気分だった。

今村昌吉の病室の前には、子分たちの三人ほどが詰めていた。

「こいつはどうも――」

「組長に会いたい」

と、伊河は言った。

「お待ち下さい。今、客人で」

「誰か来てるのか?」

「へえ。看護師が検温に……」

「客人」はないだろう。

ドアが開いて、

「失礼しました」

と、看護師がメモを取りながら出て来る。

するると、子分たちが一斉に、

「ご苦労さまでした！」

と、声を揃えて頭を下げた。

看護師の方も慣れているとみえて、苦笑しながら、

「はい、どうも。お大事に」

と、会釈して行く。

「おい」

と、伊河は眉をひそめて、「他の患者さんたちがびっくりするようなことはよせよ。

そんなでかい声を出して」

「すんません、つい……」

と、頭をかいている。

「ともかく、目立たないように見張れ。いいな」

伊河はそう言って、病室のドアを叩いた。

——二人が病室へ入ると、

「やあ、あんたでしたか」

ベッドで、今村昌吉が微笑んだ。「やっぱり病んでいると、美しい女性に来てもらうのが一番の薬だ」

「組長、いかがですか」

と、伊河は言った。

「ああ。こんなに元気なことは初めてだ」

と、今村は愉しげに、「規則正しく体温を測って、暗くなりゃ寝る。——これまでの暮しがいかに不健康なものだったか、よく分った」

「良かったですね」

と、悠季は言った。「息子さんの方はいかがですか?」

「正実の奴は、大分良くはなっているようだが、何といっても頭の病いだ。毎日検査で大変らしい」

「実は組長——」

と、伊河が話を切り出した。

今村は話をじっと聞いていたが、やがて顔をしかめると、

と、吐き捨てるように言った。「いや、本当に迷惑かけて申し訳ない」

「氷室の奴！」

と、悠季の方へ頭を下げた。

「いいえ……」

「その人質になってるナターシャってのは、正実の惚れてたモデルだな」

「さようで」

と、伊河は肯いた。「ともかく、その娘が無事に戻るように――」

「分っとる。なあ、待ってくれ。あんな息子でも殺させたくない」

「もちろんです」

「この年寄の言うことを聞いてみてくれ」

と、今村は言って、二人を交互に見たのだった。


「あら、院長先生」

と、看護師が目を見開いて、「どうなさったんですか、こんな時間に？」

夜中というほど遅くはないが、もう見舞客も来ないので、廊下は静かである。

「いや、ちょっと例の患者に用でな」

と、院長はジャケットをはおった格好のまま、「私が来たことは内緒だ。いいね」

「かしこまりました」

ちょっとふしぎそうに、それでも、余計なことに気をつかっている時間はなく、看護師はちょっと会釈して行ってしまった。

院長は、今村昌吉の病室へやって来ると、見張りの子分たちへ、

「電話をもらって——」

「どうぞ」

すぐにドアをノックして、「院長先生です」

「通せ」

院長は中へ入ると、悠季を見て、

「ああ、どうも。その節は」

と、会釈した。

「すまないね、院長さん」

と、ベッドから今村が言った。「ちょっと急な頼みがあって」

「どうしました。具合でも？」

「いや、それなら当直の先生でいい。どうしてもあんたでないと済まん話でね」

と、今村は言って、「まあ、かけてくれ」

院長がベッドのそばの椅子にかける。

「——例の子とはどうですね」

と、今村が言った。「何か気に入らんことがあれば、他を紹介しますよ」

「あ、いや……。大変うまく行ってるよ」

院長は、なぜかちょっと頬を赤らめて、咳払(せきばら)いした。

伊河が笑いをかみ殺している。

どうやら、今村がこの院長に女の子を世話したらしい。

「そいつは結構」

と、今村は真顔で、「ところでね、頼みってのは、息子の件で」

「ああ、何です？」

「息子の首を取りに来る奴があるんです」

「首を？」

「まあ、殺しに、ってことだが、当人が来るわけじゃない。確かに殺したって印が必要でしてね」

院長は目をパチクリさせて、

「じゃあ……診断書でも書きますか」

「そんなもんじゃ信用しません」

「では——」

「どうですか」

と、今村は言った。「息子の身替りになるような若い人で亡くなった方はありませんかね」

「というと……」

「首が一つ、必要なんですよ」

今村の言葉に、院長は目を丸くした。

「首って……本物の首かね」

「ええ。それくらいしないと、あっちは信用しないでしょうから」

「そんな……。そう簡単に手に入らんよ」

院長の言っていることはもっともだ。しかし、悠季も今村のとんでもない発想が気に入った。

「歌舞伎じゃないんだ。身替りの首なんて、そう都合よく見付からんよ」

「そこを何とか」

と、今村は両手を合せて、「この通り」

「しかし……今村さん、そりゃ無茶だ」

「むろん、タダとは言いません」

と、今村は切り札を出した。「この間も、病院のエアコンの機械を取り替えるのに一千万もかかるとこぼしておられましたね。その費用、私が持ちましょう」

院長の気持は大きく揺れたようだった。

「それはまあ……ありがたいが……」

「若い男性の遺体があれば」

と、悠季が口を挟んだ。「もともと、気味が悪くて、じっくり首を見たりしないでしょう。私が少しでも似せるメイクをします」

院長は呆れた様子で、

「あんたはデザイナーの他に葬儀屋もやるのか」

と言った……。

今村はさらに「追加」として、

「グラビアアイドルの女の子」

ではどうか、と押した。

どうやら、こっちの方が効いたらしく、

「確か……夕方にバイク事故で若い男がかつぎ込まれてたな」

と、ひとり言のように呟いた。「もうここへ着いたときは死んでいて、手の施しようがなかったが……。今は霊安室にいるはずだ」

「そいつはいい！」

「ご家族は？」

　と、悠季は訊いた。

「連絡はしたが……。どうも家族も持て余しとったようで、誰も駆けつけては来なかった」

「理想的だ！」

　と、今村は言った。「では院長……」

「しかし……。ばれると大変なことになる。私も医師としてやっていけなくなっては……」

「あんたが係ったことは内緒にしますよ」

　と、今村は言った。「院長さんは、あくまで死体を盗まれた被害者だ」

　それを聞いて、院長は大分ホッとした様子だった。

「そういうことなら……」

「では、早速」

　と、今村は言った。

「もしもし」

「氷室か。俺だ」

と、伊河は言った。

「伊河。──どうした?」

「ご注文のもの、手に入れたぜ」

伊河はケータイを手に言った。

「何だと?」

「坊っちゃんだ。──しっかり始末した」

少し向うは黙っていたが、

「──本当にやったのか?」

と、氷室が訊く。

今村の子分の一人が運転している車に、伊河は乗っていた。

「妙なことを訊くな。お前がやれと言ったんだぞ」

「分ってる」

「今、そっちの山荘へ向ってる」

と、伊河は言った。「そこでいいんだろう?」

「ああ。じゃ、待ってるぞ」

氷室の口調は何だかはっきりしなかった。

「あと三十分もあれば着く。──ナターシャは無事だろうな」

「当り前だ」

「もし、ナターシャの身に何かあったら、ただじゃすまさんぞ。分ってるな」

伊河の口調はさすがに迫力！

「心配するな」

と、氷室は答えた。

――伊河は、座席の隣に、大きな風呂敷包みを置いていた。

「おい、急げよ」

と、子分に声をかける。

「へい」

車はスピードを上げた……。


山荘の前に車が着くと、氷室の子分が数人、バラバラと駆け寄って来た。

「出迎えご苦労」

と、伊河は、平然と言って、「――氷室の所へ案内しろ」

建物へ入ると、伊河は奥まったドアへと案内された。

「――待たせたな」

伊河は正面に座っている氷室へと言った……。

妙なのは、敵の中に一人で座っている伊河の方が、氷室よりよほど落ちついて見えたことだ。

「それで？」

と、氷室は指先でテーブルを叩きながら言った。

「それで、とは？」

「本当にやったのか、あの馬鹿息子を」

伊河はニヤリと笑って、

「やらないでここへ来ても良かったのか？」

「いや、とんでもねえ！　しかし……」

「ナターシャを連れて来てもらおう。無事な姿を見てからだ」

「その前に、あいつを殺したって証拠を見せろ」

と、氷室もやっと少し凄みをきかせて、「確かな証拠だぞ。ごまかそうたって――」

「だから持って来たよ」

伊河は足下に置いた風呂敷包みを持ち上げると、「お望み通りだ」

と、テーブルにドスンと置き、包みをパッと開いた。

とたんに、テーブルの上に男の首がゴロンと転がった。

一瞬の間があって――氷室は、

「ワァッ！」

と、悲鳴を上げて飛び上った。

周囲の子分たちも、バタバタとテーブルから遠ざかる。

「おいおい。どうしたってんだ」

伊河は呆れ顔で、「そっちが首を取って来いと言うから、こうして持って来たんだ。何をびっくりしてやがるんだ？」

「おい……。そう言ったからって――本当に首を持って来る奴があるか！」

氷室は真青になっている。

「何だ、そうだったのか？　じゃ、何も苦労して首をチョン切ることもなかったな」

と、伊河は涼しい顔で、首の髪の毛をぐいとつかんで、持ち上げると、「さ、よく見て確かめてくれ」

「分った！　分ったから、もうしまってくれ！」

氷室はチラチラと首を見るだけで、伊河は肩をすくめて、

「何だよ、こいつは重いんだぜ」

と、首を風呂敷でまた包むと、「せっかくフウフウ言って運んで来たのによ」

包みを机の上にのせたまま、

「これで納得してくれたのか？」

「ああ……」

氷室はすっかり伊河と首に呑まれた様子で、「おい！　誰かナターシャをここへ連れて来い！」

命令する声も上ずっている。

「じゃ、取引成立だな」

「伊河……。今村の組長は？」

と、氷室が訊いた。

「いちいち、息子さんの首をいただきますなんて言えるか」

伊河は苦笑して、「具合はまああらしいぜ」

「そうか」

氷室は、やっと落ちついた様子で、「伊河——。どうだ。ついでに一つ、親父さんの方も仕止めちゃくれないか」

「また首を持って来いってのか？」

「いや、首はいらねえ！」

と、氷室はあわてて言った。「お前なら簡単に近付ける」

「坊っちゃんがやられたと知りゃ、そうも言ってられねえさ」

「だが、奴にゃお前くらいしか頼れる相手はいないだろう」

「氷室」

と、伊河は真直ぐに氷室を見つめて、「この世界にも守らなきゃならねえ法ってものがあるんだ。それを破れって言うのなら、それなりの覚悟がいるぜ」

氷室は、伊河の気迫に圧(お)されたように黙った。

「——連れて来ました」

ドアが開いて、ナターシャが腕を取られて入って来る。

「迎えに来たよ」

と、伊河は立ち上って、「大丈夫か」

疲れ切った様子のナターシャは、

「放っといてくれりゃ良かったのに」

と、呟くように言った。

「二十歳やそこらで、そんなセリフは早過ぎるぜ。苦労はこれからだ」

伊河は氷室の方へ、「じゃ、連れて帰るぜ」

「ああ。——それも持って帰れよ」

「忘れるとこだった」

伊河は包みを取り上げた。「氷室。——違う相談なら、改めて筋を通して来い」

「分った。そうしよう」

「それからな、あの梓悠季に手を出すな。素人を巻き込むのは恥だぜ」

そう言うと、伊河はナターシャの肩を抱いて、部屋を出て行った。

車に乗って、道へ出ると、伊河もさすがにホッとした。

自分一人ならともかく、ナターシャが一緒だ。

「聞いたわ」

と、ナターシャは言った。「坊っちゃんを殺したって」

「お前を助け出すにゃ仕方なくてな」

「でも……」

「まぁ心配するな」

と、伊河は風呂敷包みをポンと叩いた。

「それ……本当に首なの」

と、ナターシャが訊く。

「見るか？」

伊河が包みをパラッと開けると、ナターシャはちょっと息を呑んだが、

「――何だ」

と、拍子抜けしたように、「坊っちゃんじゃないじゃないの」

伊河は目を丸くして、

「分るかい」

「そりゃあ……。人の顔くらい憶えてるわ」

と、ナターシャは言った。「これ、作りもの？」

「いや、本物だ。たまたま事故で死んだ奴のだ」

「へえ」

「しかし――お前がひと目で分ったのに、氷室の奴、子分たちも一人も気付かなかったんだぜ」

「若い人だから、少しは……」

「似てるだろ？　あの梓悠季が苦労して髪型を変えたりして、メイクしたんだぜ」

「まあ……」

ナターシャは目を伏せて、「とんでもないご迷惑かけちゃって」

伊河はチラッとナターシャが涙を拭いているのを見て、

「あいつだな」

と言った。「岡部か」

「え……」

ナターシャは伊河を見ると、「どうして分るの？」

「ああいう男を散々見て来た」

と、伊河は肩をすくめ、「まあ、俺も他人のことをとやかく言えた立場じゃねえが」

ナターシャはじっと前方へ目をやっていたが、

「ゆき先生は大丈夫？」

「ああ。あいつはしたたかだ」

「そんな……」

「ほめてるんだぜ」

伊河は、悠季の母親が船旅へ出たことを話してやった。

ナターシャは、つい笑ってしまうと、

「面白い！　お母さんも度胸のいい方なんだわ」

「ああ。ありゃ血筋だな」

二人は一緒に笑った。


「ハクション！」

悠季はクシャミをしてブルブルッと頭を振り、「誰か私のこと笑ってる」

「それなら無事だろう」

と、今村昌吉は言った。「伊河のことだ。うまくやったさ」

「そうですね」

悠季は肩をすくめて、「別に心配してるわけじゃありません——。ナターシャさえ無事なら」

今村は悠季を見て、

「しかし、伊河のことを、救ってくれたそうじゃないか」

「エリカちゃんが可哀そうだから」

と、悠季は言った。「本当にいい子ですもの」

「うん」

今村は、しばらく天井を眺めていた。

悠季は、今村が眠っているのかと思って、病室を出ていようかと立ち上りかけたが、

「——なあ」

と、急に今村が言ったので、びっくりした。

「何ですか？　誰か呼びます？」

「いいや。——あんた、どうかね」

「何が？」

「伊河の女房にならんか」

悠季は唖然として、

「正気ですか？」

「足を洗えば、伊河はいい亭主になると思うぞ」

「びっくりさせないで下さい！」

と、悠季は苦笑して、「住む世界が違います」

「しかし……」

「まあ、筋を通したりする頑固なところは見どころあると思いますけど、好きになるとか、そんなレベルの話じゃありません」

「しかし、あいつもやさしいところがあるんだぞ。ああして、自分の子でもない娘を引き取って育てたり……」

悠季は耳を疑った。

「——今、何て言いました？」

「あ、いや……。何でもない」

と、今村はあわてて首を振った。

「ごまかさないで下さいよ！『自分の子でもない娘を』って？　それ、エリカちゃんのことなんですね？」

「さすがに若いと耳がいいね」

「何言ってるんですか！　じゃ、エリカちゃんは伊河さんの娘じゃないんですか？」

「あのな……。つい、口が滑るってことがあるだろ。伊河からは、絶対にしゃべるなと言われてるんだが」

「じゃ、本当に……」

「俺から聞いたなんて言うなよ。それにあの娘当人も知らないことだ」

悠季は、今村のベッドに寄って座ると、

「それじゃ、エリカちゃんの親は誰なんですか？」

と訊いた。

「いやまあ……。誰でもいいじゃないか。あんたが知ってどうなるもんでもないだろう」

「そこまで話して、やめないで下さい！」

と、悠季はぐっと身をのり出し、今村をにらみつけた。

「おい……。あんたも怖いね。やっぱり俺たちの商売に向いてるんじゃないか？」

「そうやってごまかしてると、もう一つ、〈首〉ができることになりますよ」

完全な脅しである……。

今村は咳払いして、

「俺も詳しいことは知らない。本当だ！――しかし、伊河が殺した男女が両親だったってことだ」

悠季は青ざめた。

「——殺した？」

「直接手を下したわけじゃないそうだ。ただ、逃げた男女を、組織として、どうしても見逃しちゃおけなかったんだな。伊河が捜索を任されて、どこか空家へ追い詰めたそうだ。そこで十人以上が一斉に撃ちまくって、二人を殺した」

「それで……」

「伊河が二人の住んでいた部屋へ行ってみると、押入れの中で女の子が布団にくるまって泣いていたそうだ。——まだ三つになるかどうかってくらいだったらしい」

「その子が——エリカちゃん？」

「伊河も、後味の悪い思いをしてたんだろうな。その女の子の泣いてる目をじっと見ている内に、放っておけなくなったんだ」

「連れて帰って……」

「その子も、もう忘れてるさ。伊河は可愛がってたしな」

悠季は、頭をハンマーで殴られたようなショックを受けていた。

今の話は——おそらく間違いなく、自分が目撃した、あの二人の死、そのものだ。

小沼勝平と有田充子。

ではあのとき、有田充子が悠季に託した写真の子が、エリカなのか？

「どうかしたか」

今村にふしぎそうに訊かれても、悠季はしばし返事ができなかった。

18 面影

「今、帰りました」

伊河が今村の病室へ入って来た。

「無事か」

「へえ。計算通り、向うは度肝を抜かれてました」

と、伊河は風呂敷包みを持ち上げて見せた。

「ナターシャは？」

と、悠季が訊くと、病室へおずおずとナターシャが入って来た。

「良かった！」

悠季はホッと息をついて、「大丈夫だったのね！」

「すみません、先生……」

と、涙ぐみそうになるナターシャへ、

「泣かないで！　もういいのよ」

悠季は駆け寄ってナターシャをしっかりと抱きしめた。

「ご苦労だったな」

と、今村は伊河へ言った。

「ですが、このままにしとくわけには……」

「ああ。ともかくその仏さんの家族には話をつけてある。そのまま遺体を借りて、正実の奴の葬式を出さねえとな」

「棺のふたを開けないようにすりゃ、ばれる心配はありません」

「うん。――院長に現金を渡して、正実が安全に入院していられるように頼んでくれ」

「分りました。早速」

「ああ、それとグラビアアイドルを一人、どこかで見付けて来い」

と、今村は付け加えた。

悠季は、つい伊河のことをじっと眺めてしまった。――エリカが、あの死んだ二人の娘だった。

確証があるわけではないが、今村の話から考えて、まず間違いないだろう。

母親の有田充子から写真を託された悠季としては、やはり事実を知りたい。

今村の病室を出ると、伊河は、

「やれやれ。まずこの病院の院長と話をつけないとな」

と言った。

「いくら隠すっていっても、この病院に置くのは危険かもしれないわよ」

と、悠季は言った。

「うむ……。動かせる状態なのかどうか、訊いてみないとな」

伊河はそう言ってから、ちょっと顔をしかめて、「グラビアアイドルなんて、どこを探しゃ見付かるんだ？」

「知らないわよ」

と、悠季は肩をすくめて、「だって、院長さんとお付合いしようっていう子を見付けるんでしょ？」

「そうなんだ。年上が好み、ったって、程度の問題だからな」

と、伊河は苦笑して、「さて、この首を返しとくか。後は家族と金で話をつける」

「大変ですね……」

ナターシャが唖然としている。

「要するに何でも屋だ。ヤクザなんて、つまらねえ商売だよ」

伊河は、ケータイでいくつか電話をかけると、

「――おい。俺の顔に何かついてるか？」

と、悠季に言った。

「え？　どうして？」

「さっきから、いやに俺のことをジロジロ見てやしねえか？」

「そりゃ、自意識過剰ってもんよ」

と、悠季はごまかして笑った。

「そうか？」

伊河は納得できないような表情だった。

「私があんたに惚れてるとでも？」

「そうなのか？」

悠季はちょっと頬を染めて、

「真面目な顔で訊かないでよ！」

と言った。

「しかし――」

と、伊河は言った。「氷室のことだ。またどんな汚ない手を使ってくるか分らねえ。用心しろよ」

「分ってるわ。――香子ちゃんをあんなひどい目にあわせたことは赦(ゆる)さないから」

「うん、そうだったな」

「あなたも気を付けて」

と、悠季は伊河をじっと見て、「エリカちゃんのために、長生きしなきゃいけないわよ」

「長生きか。それは保証できないな」

と、伊河は苦笑した。

「だったら、もう足を洗ったら？　今村さんだって、あんなタイプのヤクザなんて、この先、やっちゃいけないわよ」

「だが、そうなると氷室みてえな奴ばっかりになる」

「もちろん、すぐにああいう世界がなくなるわけじゃないだろうけど、あなた一人の問題としてなら、すっぱり辞めることだってできるでしょ」

「辞めて……俺に何ができる」

と、伊河は言った。「まあ——ご忠告はありがたく聞いとくよ」

「よく考えて」

と、悠季は言った。「人間、殺されたと思えば、別の人生をやり直せるわ」

「そりゃお前だからできたことだ」

「私にできたってことは、誰にでもできるってことよ」

伊河は、ちょっと呆れたような顔で悠季を眺めた。

「——何よ。私の顔に何かついてる？」

と、悠季が言ってやると、

「お前、学校の先生にでもなるといい」

と、伊河は真顔で言った。

「愛の告白されるよりは、気のきいたセリフね」

と、悠季は言った。「早くその首、返してらっしゃいよ」


「先生がいなきゃ、仕事にならないんですよ！」

「はいはい」

「『はいはい』じゃありません」

と、梅沢綾子は、もう十分近くも悠季について歩いて、文句を言い続けていた。

「全くね」

と、悠季はため息をついて、「雇い人からこんなにガミガミ言われる雇い主っているのかしら」

「先生のためを思えばこそです！」

「もう少しやさしく言ってくれる？——はい、もしもし。——あ、どうも！」

ケータイに電話がかかって来ると、ホッとする。少なくともケータイで話している間は綾子に叱られていなくてすむからだ……。

もちろん、綾子が怒っているのが「愛情」の故であることは承知している。

ケータイで話している間も、悠季はデザイン室やオフィスの中を歩き回っていた。

「先生、この色の組合せはどうでしょう?」

「ここのラインが、どうしても気に入らないんですけど」

急ぎ足で通り過ぎる悠季へと追いすがるようにして、話しかけて来る弟子たち。

悠季は決して無視したり、怒ったりしない。

一瞬、デザイン画や布地を見て、

「その二色、入れ換えてみたら? 落ちつくでしょ」

と言ったり、

「もう少し襟を大きく広げたら? そのラインとバランスが取れるわ」

と、忠告する。

「歩数計でも付けて歩くんだったわ」

と、ちょっと一休みしに自分のオフィスへ戻ると、「コーヒー、頼んでくれる?」

と、振り返ってびっくりした。

「エリカちゃん!」

てっきり綾子がついて歩いていると思っていたら、伊河エリカに代っていたのである。

「コーヒー、頼んで来ます」

「いいわよ、そんなことまでしなくても。——綾子さんは？」

「途中で交替してと言われました。あ、先生がコーヒーって」

やって来た助手に言うと、

「はい！」

と、すぐに駆けて行く。

「エリカちゃん、学校は？」

「私、ここが好きなんです」

と、エリカは言った。「私にとっては、ここが学校です」

キラキラと輝くエリカの目。

悠季は、死んだ有田充子の顔を、そこへ重ねてみる。——そう思って見るせいか、確かに似ているような気がする。

「綾子さん、何で怒ってたんですか？」

と、エリカは訊いた。

「まあ……ちょっと危い真似をしてたからでしょ」

「じゃ、お父さんも？」

「そうね。もっと危いことをしてたわ」

と、悠季は言った。「説教してあげたわ。エリカちゃんのことを考えて、物騒なことはよせって」

「ありがとう！　先生のおっしゃることなら、お父さんも聞くかも……」

「怪しいものね」

悠季は笑った。

——もし、この子が有田充子の娘だったら……。

でも、伊河もエリカも、今充分に幸せだ。このままそっとしておくべきなのかもしれない……。

コーヒーが来て、悠季はゆっくり飲みながら、

「じゃ、エリカちゃん、裁縫の基礎から教わった方がいいわね」

「はい」

「最年少のお弟子さんね」

悠季のケータイに、伊河がかけて来た。

「坊っちゃんの葬式だ。出席してくれるな」

決めてかかっている口調だった……。

一列がポッカリと空いていた。

「――あそこは？」

と、悠季はそっと伊河に訊いた。

伊河はチラッと振り返って、

「あそこは氷室の席だ」

と、小声で答えた。

「氷室？　来るの？」

「葬式だぞ。いくら喧嘩（けんか）していても、顔を出すもんだ」

「そりゃそうだけど……」

――黒いスーツの悠季は、正面の、今村正実――「坊っちゃん」の写真を見上げた。

家族席では、車椅子の父親が顔を伏せてじっと目を閉じている。

読経（どきょう）が流れ、香の匂いが立ちこめる。

ごく普通の告別式の光景だが……。

悠季は落ちつかなかった。

何か――どこかがおかしい。

悠季は不安な予感に取りつかれていた……。

たとえ対立して争っていても、葬式には一旦休戦して、ちゃんと来るものだ。

伊河はそう信じているようだ。

悠季も同感だし、伊河のいる世界では、むしろ一般の人々以上にそういうことが大切にされているのかもしれないと思った。

しかし、時代は変っているのだ。

伊河のようなタイプのヤクザは今や少数派ではないか。

氷室のように、

「すべては金だ」

というタイプがのし上って来ている。

「落ちつかねえな」

と、伊河が悠季に言った。

「何だかいやな予感がする」

と、悠季は言った。

「考え過ぎだろ」

何が気になっているのか。——少し考えて分った。

「さっきまで、今村さんの所の子分が出入りしてたのに、全然見かけないわ」

と、伊河の方へ言った。

言われて、伊河も振り向き、

「なるほどな」

と、眉を寄せた。「お前の言う通りだ」

式場に入って来る人間がいない。人の流れが止っていた。

「こんなわけはないな」

と、伊河は言った。「まだ始まって三十分もたたない。もっと人が来るはずだ」

「どうしたのかしら」

「お前はここに座ってろ」

伊河は静かに立ち上って、式場の出入口へと通路を歩いて行く。

悠季は振り向いて、伊河を見送っていたが、気になって、自分も席を立つと、足早に伊河を追って行った。

ちょうど表へ出た所で、伊河に追いついた。伊河がピタッと足を止める。

目の前に、氷室と子分たちがズラリと並んでいた。

「焼香なら、横に並んじゃ不便だぜ」

と、伊河は言った。

「死んでもいねえ奴の葬式にか?」

と、氷室は笑って言った。「あそこの病院長をちょっと脅してやったら、すぐに吐いたぜ」

伊河は固い表情で、

「それなら何しに来た」

「決ってる。せっかく葬式をやってるんだからな。ちゃんと本物にしてやろうと思ったのさ」

氷室の子分たちが一斉に上着の下から拳銃を抜く。

「逃げろ！」

伊河は悠季を式場の中へ押しやり、自分も駆け込んだ。

「逃げて下さい！」

伊河が怒鳴った。「氷室たちが――」

とたんに、銃声がたて続けに聞こえて、告別式の式場に弾丸が飛び込んで来た。

「今村さん！　早く！」

と、悠季が駆け寄る。

「行ってくれ」

と、今村は手を振って、「今さら走る力もない。あんたたちは早く逃げろ」

「でも――」

「ジタバタして死ぬのは一番みっともねえ。さあ、行け、伊河」

伊河は一礼して、

「急げ」

と、悠季の腕を取った。

二人は斎場の奥へと駆け込んだ。

背後で派手な銃声が聞こえた。

「畜生！　氷室の奴！」

伊河は廊下を急いだが、先に氷室の子分たちが現われた。

二人は控室を駆け抜けて、外へ出ようとしたが、そこも銃を手にした男たちが待ち構えている。

「しまった」

伊河は外への戸を閉めて、突かい棒の代りにパイプ椅子を押し込むと、「――逃げ道をふさがれちまった」

「どうする？」

伊河は控室の机を横倒しにして、そのかげに身をかがめると、

「――俺が飛び出す。その間に逃げろ」

「そんなことできないわよ」

伊河は上着の下から拳銃を取り出した。

「そんなもの持ってたの」

「一人じゃどうにもならねえ」

「二人でしょ」

「お前は何とか殺されずにすむだろう。氷室とかけ合ってやる」

「やめて」

と、悠季は即座に言った。

「氷室の子分たちが香子ちゃんにしたことを忘れたの？　命が助かったって、どんなひどい目にあわされるか分らない。そんなのごめんよ」

伊河は、ちょっと辛そうに悠季を見ていたが、

「分った」

と言った。

二人は机を次々に倒して、壁のように並べた。

廊下にバタバタと足音がする。

「その部屋にいます！」

と、氷室の子分の声がした。

「――おい、伊河」

氷室が呼びかけた。「今村の親父はあの世へ一足先に旅立ったぜ。お前も後を追うか？」

伊河は、

「お前と道連れなら、考えてもいいぜ」

と答えた。

「ごめんだな！　諦めて往生しな」

氷室が子分の方へ、「奴は武器を持ってるのか？」

と訊いているのが耳に入って来た。

悠季は伊河の手を握ると、

「聞いて」

と、小声で言った。「向うはあなたが銃を持ってるって知らない。それだけが頼みの綱だわ。絶対に撃たないで」

「そうか。武器がないと思わせるんだな」

「そう。こらえて、こらえて、向うが油断したときに使うのよ」

部屋の入口から、氷室の子分たちが一斉に銃撃を始めた。

伊河と悠季は、テーブルのかげで身を縮め、必死で床に這(は)った。

「よし」

と、氷室の声がした。「おい、まだ生きてるのか」

「ちゃんと、弾丸の方で気をきかしてよけてくれたぜ」

と、伊河は言い返した。

悠季は、

「あなた、ケータイは？」

と、小声で訊いた。「私のはバッグの中だから……」

「そうか！　ポケットに――」

と、伊河はポケットへ手を入れて取り出したが、「――いけねえ。身を伏せてるときに壊れちまった」

「太り過ぎよ」

と、悠季は伊河をにらんだ。

「いずれにしても、公共の斎場でこんな騒ぎが起きているんだから、じきにパトカーが駆けつけて来る」

「それまでに向うは決着をつけようとするわね」

「ということは、すぐに、ってことだ」

「そうね……」

悠季は伊河の左手を握った。

「おい……」

「あのときみたいだわ」

「あのとき?」

「エリカちゃんの両親が死んだとき」

伊河は悠季を見つめて、

「お前――」

「今村さんが話してくれた」

「そうか」

「私、二人が死ぬのを見てた。――飛び出して行ってね」

「俺も、あのとき引金を引いた一人だったんだ」

と、伊河は言った。「誰の弾丸が当ったのか、それは分らねえ。しかし、あの子を見たとき、放っちゃおけねえと思ったんだ」

「あなたは罪を償ったわ」

「なあ。――もしお前が生きのびたら、エリカに本当のことを話してやってくれ」

と、伊河は言った。

「そんな必要ないわよ」

「しかし……」

「大体、そんなこと、助かってから考えましょうよ」

「まあそうだな」

伊河と悠季は顔を見合せて笑った。

今にも殺されようってときに、よく笑えるもんだ、と悠季は感心した……。

「ともかく突っ込め！」

と、氷室の声がした。

向うも焦っている。伊河のことが怖いのだ。ためらっているとパトカーがやって来る。

悠季は戸口の様子をうかがった。

「氷室の声は近いわね」

「ああ、すぐそこにいるだろう」

「助かる道はただ一つよ。氷室を撃つの」

「顔を出さねえぞ」

「撃つのはあなたの役目。私は氷室を引張り出すわ」

「どうやって？」

答えている余裕はないし、迷ったら実行できなくなる。

悠季はいきなり机のバリケードからスックと立ち上った。伊河がびっくりして、止めることもできない内に、悠季は机をまたいで前に出た。

「女です！」

銃口が少なくとも十に近い数、悠季へ向いていた。

「撃ち殺せ！」

と、氷室が怒鳴っている。

だが、何の武器も持たない女が、正面切って立っているのだ。さすがに引金を引くのをためらっている。

「氷室さん」

と、悠季は呼びかけた。「どうせなら、あんたに撃たれたいわ」

「その手に乗るか」

と、氷室は顔を出さない。

「せめて見物したら？　女が血に染って死ぬところを」

と、悠季は言った。「黒いスーツじゃ、血の赤が目立たないわね」

悠季は靴をポンと脱ぎ捨てると、スーツの上着を脱ぎ、スカートを足下に落とした
……。

子分たちが首を伸して、悠季が裸になるのを目をみはって眺めている。

「さあ、撃って」

白い肌をさらして、悠季は両手を左右に真直ぐ広げて立った。

「誰が最初にこの肌に血を流させるの？」

と、悠季は言った。

一人が引金を引いた。だが手もとが狂ったのか、弾丸は悠季の左腕をかすめただけだった。

鋭い痛みはあったが、悠季は耐えて、

「下手くそね！　ちゃんと狙いなさいよ！」

と言った。

二発、弾丸が悠季を狙った。一発は外れ、一発は脇腹をかすめて、血が肌に散った。

悠季は一瞬よろけたが、歯を食いしばって立ち直った。

「そんなところ、撃ったって死なないわよ！」

と、叩きつけるように言った。

白い肌に血が垂れて行った。

「心臓狙いなさいよ！」

悠季が続けて怒鳴った。

そのとき——氷室の顔が、戸口に覗いた。悠季の裸身に、一瞬目を見開く。

その瞬間、伊河がパッと立ち上って、真直ぐ伸した右手に握った拳銃が火を噴いた。

氷室の額を弾丸が射貫いた。

氷室が床に倒れる。

子分たちが凍りついた。

「戻れ！」

と、伊河が怒鳴ると、悠季は机の後ろへと飛び込んだ。

「親分が……」

「おい！ どうする！」

「救急車だ！」

と、子分たちがあわてふためいている。

そのとき、

「警察だ！」

という叫び声。

「逃がすな！」

その声が、アッという間に氷室の子分たちを走らせた。

ドドドッと足音が遠ざかって、悠季は息をついた。

「サイレンが聞こえなかったけど……」

「――先生！」

と、飛び込んで来たのは綾子だった。

「綾子さん！」

「まあ……」

綾子は床に散らばった悠季の服を見て、「誰にやられたんですか！」

と、真赤になった。

「違うの。自分で脱いだのよ」

と、悠季は立ち上った。

「まあ、血が！」

「それより――警察は？」

「まだです。私、ちょうどタクシーで着いて、一人で叫んだんです」

「じゃ、あなたの声だったの？」

「男の声に聞こえましたか？」

伊河が立って、

「氷室を仕留めたぞ」

と、息をついて、「お前は全く無茶な奴だ！」

綾子は伊河をにらんで、

「あなたがいながら、どうして先生だけが裸にまでなって、撃たれてるんですか？」

「いや、それは……」

「見損ないましたよ！」

「綾子さん、これは作戦なの。――伊河さん、警察が来ない内に、早く行って。拳銃を私に」

「どうするんだ?」

「私が撃ったことにするわ。――さ、早く」

そのときサイレンが聞こえて来た。

「分った。すまん」

伊河は悠季へ拳銃を渡すと、素早く走り去った。

悠季は急に気が緩んで、その場に裸でしゃがみ込んでしまった。

「先生!」

「ありがとう……。今になって……傷が痛い」

緊張が解けたせいもあるのか、悠季はそのまま気を失ってしまった……。

19　病院にて

「ああ、痛い……」

と、悠季は文句を言った。「綾子さん」

「何ですか？」

ベッドのそばで付き添っていた綾子が訊いたが、どう聞いても、心配でたまらない、
という声ではなかった……。

「私……裸で救急車に乗せられて来たの？」

「何をつまらない心配してるんですか」

「つまらなくないわよ！　警官にも——少なくとも救急車の人には見られたわけね。

まさかTVのニュースとかに映ってないでしょうね」

「映ってたらどうしたって言うんです？」

「映ってたの？　ああ……。お母さんに叱られるわ。お嫁に行けない……」

「警官が駆けつけて来たときには、ちゃんと黒いスーツを着せときましたよ」

「本当？」

「憶えてないんでしょうけど、気絶する寸前にくり返してたんです。『服を……。服を……』って」

「まあ、本当？」

「下着は省略して、スーツの上下だけ何とか着せたんです。救急車の中で脱がしてびっくりしてましたけど」

「ありがとう……。さすがは綾子さん」

「お世辞は結構です」

綾子は不機嫌そのものという顔で、「こんなことまで秘書の仕事の内じゃ、倍のお給料いただかないと合いません」

「そうね。――一・五倍じゃ？」

「せめて、一・八倍くらい出して下さい」

細かい折衝が続いていると、病室のドアが開いて、伊河エリカが駆け込んで来た。

「――エリカちゃん、どうしたの？」

エリカはベッドへ駆け寄ると、

「すみません！」

と、床に正座して両手をついた。「お父さんから聞きました！　先生が重傷を負っているのに逃げたなんて！」

「エリカちゃん……。ちょっと立って。——ね」

と、悠季は促して、「重傷なんかじゃないわよ。大丈夫。かすり傷だけ」

「でも……」

「お父さんは勇敢だったわよ。一発で氷室を仕留めて」

「でも、その罪を先生に負わせて逃げるなんて！」

「そうじゃないのよ。私なら、たまたま引金引いたら氷室に命中したって言える。でも、お父さんはそうはいかないわ」

「だけど……」

「拳銃も、私があそこでたまたま拾ったって言ってある。——それが一番いいのよ。氷室は、今村さんも息子さんも殺したらしいわ」

「それは分ってます。でも……」

と、エリカは不服そうだ。

「私とお父さんに任せて。ね？」

悠季はエリカの手を取った。

「——分りました」

と、エリカは涙を拭って、「でも、もし先生が刑務所に入れられるなんてことになったら、私、お父さんの首に縄つけて警察に引張ってく！」

エリカの言葉には迫力があった。

「怖いわね」

と、悠季は笑った。

「あ、そうだ」

エリカはポケットから折りたたんだ紙を取り出し、「先生、これ見て下さい」

「何なの？」

エリカはその紙を広げると、

「私、十代向けのスカート、デザインしてみたんです。どうでしょう？」

悠季は、コロッと変ったエリカに面食らっていたが、

「あ……。そう……。ちょっと両手で広げて……少し退がって見せて」

と言うと、「そうね……」

「どうですか？　この腰のラインに可愛い感じを出そうと思ったんですけど」

悠季は、エリカの真直ぐな目を見て、つい微笑んでいた。エリカは心配そうに、

「おかしいですか？――もちろん、生地のこととか全然分ってないんで、まだデザインどころじゃないって、分ってるんですけど……」

「デザインがおかしくて笑ったんじゃないわ。あなたの頑張ってる姿が嬉しくてね」

「ありがとうございます」

「先生」

と、綾子は言った。「一日も早く退院して、仕事に戻らないといけませんね」

「そうね。刑務所へ入ってる暇なんかなさそうだわ」

と、悠季は言った……。


夜、病室のドアが開いて、ウトウトしていた悠季は、

「また検温？」

と、目を開けた。「――まあ」

伊河が入って来たのだ。

「どうだ、具合は？」

「ええ、入院は四、五日で済みそうよ。大した傷じゃないもの」

「そうか……」

伊河は、ちょっとため息をついて、「いや、エリカの奴に叱られたよ」

「知ってるわ。ここへ来たもの」

「あいつの言う通りだ。やっぱり本当のことを話して――」

「だめよ」

と、悠季は言った。「そしたら、今度は私が嘘の証言したことになるわ」

「まあな」

「今のままでいいのよ。あなたは私の命を助けてくれたんだし」

「それは逆だ。救われたのは俺の方だよ」

「どっちでもいいじゃないの。二人で一緒に助かったんだから」

伊河は椅子にかけると、

「――今度は本当の葬式だ。組長と坊っちゃんのな」

「そうだったわね。組はどうなるの？」

「さあ……。俺が決めることじゃない」

「でも――」

「俺に跡を継げと言ってくれる幹部もいる。しかし、俺はごめんだ」

「そうよ」

「エリカのためにも――もう足を洗おうと思ってる。これ以上お前を危い目にあわせたくないしな」

「気をつかってくれてる？」

「当り前だ」

「でも、用心してね。氷室の所の子分たちがどこにいるか分らないわよ」

「うん。――しかし、なまじ今村親子を殺しちまったんで、子分たちも殺人罪で追われてるんだ。俺のことなんか追い回してる余裕はないだろう」

「でも油断しないでね」

悠季は手をそっと伸して、伊河の手を握った。

「そう簡単にゃ死なないさ」

「あら、あのときは死ぬ気だったくせに」

「そうだな」

伊河は苦笑して、「しかし――氷室の子分が捕まったら、氷室をやったのが俺だと分るぞ」

「私、絶対に言い張るもの」

と、悠季は言った。「あの子分たちと、私と、どっちの言うことを信じる？」

「お前にゃかなわねえ」

伊河は笑って、「何か俺にできることはあるか？」

「そうね……。傷を今すぐ治してほしいけど、それは無理ね」

と、悠季は微笑んだ。「ナターシャのことをお願い」

「あの子か。もう坊っちゃんがつきまとうことはなくなったな」

「でも、岡部に裏切られて、傷ついてるわ」

「ああ、そうだな」

「私の傷はしばらくすれば治るけど、あの子の心の傷は、誰かがいやしてあげないと」

「そいつは俺じゃ無理だ」

「分ってるわ。でも、エリカちゃんなら……。ナターシャも、心を開いて話ができると思うの。エリカちゃんとナターシャに、そう伝えてあげて」

「分った」

と、伊河は肯いた。「何か食うもんはいらないか？　エリカに持たせる」

「今は結構。――退院したら、私に付合って。高級フレンチを食べに行きましょ」

「そんなもん、味が分らねえぞ。豚の好物のトルフとかいうもん……」

「トリュフでしょ。いいのよ、味が分んなくても、付合ってくれりゃ」

「ああ、それじゃカツ丼の出るフレンチの店を探そう」

と、伊河は言った……。

では、今はとりあえず、ということで――。

悠季に頼まれて、伊河はホットコーヒーを自動販売機で二つ買って来た。

ベッドを少し起し、紙コップを両手で包んで、悠季はそっと熱いコーヒーを飲んだ。

「おいしい。――治ったら、あなたにもっとおいしいコーヒーを淹れてあげる」

と、悠季は言った。

「高くつきそうだな」

「失礼ね」

と、悠季はちょっと笑ってから、ふっと息をついた。「私……こうやって寝てても、することないでしょ。色々考えたの」

「また何か物騒なことか」

「聞いてよ。――めまぐるしく事件が起ってたから、そもそもの始まりを忘れかけてたわ」

「何のことだ」

「柳本進一が殺されたことよ」

「ああ、〈M食品〉の社長か」

「ホテルで銃弾を撃ち込まれてた。犯人は?」

「俺は知らねえ」

「そうね……。あのとき、ナターシャが一緒にいたのよ」

「やっぱりそうか。じゃ、犯人を見たのか」

「いいえ、見てないって言ってた。私に電話して来て、私はマンションへ連れてったのよ」

悠季はそう言って、「あなたも知ってるわね。でも、私にはよく分らなかったの。どうして岡部伴之と恋仲だったナターシャが、柳本とホテルにいたのか。――柳本って、何をしていたの？」

伊河は、ちょっと首をかしげていたが、

「俺は、自分の専門のことしか分らねえ。しかし、柳本が組の大きな資金源になってたのは確かだな」

「じゃ、裏の顔を持ってたってことね」

「詳しいことを知ってたのは、ほんの一握りの幹部連中だけだ」

「そうだったのね……」

と、悠季は考え込んだ。

買物から帰ったナターシャが、悠季のマンションへ入ると――。

「まあ」

と、ナターシャは足を止めて言った。「何してるの？」

ロビーに置かれた椅子に、岡部伴之が座っていたのである。

「待ってたんだ。君を」

と、岡部は立ち上って、「重いだろ。持とうか、それ？」

「結構よ」

ナターシャは首を振って、「何しに来たの？」

「いや……。君が怒ってるのは分るよ」

岡部は微笑んだ。

「笑ってるようなことなの？」

と、ナターシャは岡部をにらんだ。

「だけどさ——。分ってくれよ」

岡部が肩に手をかけようとするのを、ナターシャは体を引いてよけると、

「帰って」

と、少し強い口調で言った。

「ナターシャ——」

「帰ってよ！」

と、くり返す。

「分ったよ」

岡部は肩をすくめて、「じゃ、もう僕らの間はおしまいってことかい？」

「当然でしょ」

ナターシャは呆れた。「私のせいで、ゆき先生までが狙われるところだったのよ」

「あの女が何だって言うんだ？」

と、岡部が苛立った口調で、「デザイナーなんて、誰だってなれるさ。ちょっと商売さえ上手くやりゃ」

ナターシャは、冷めた表情で岡部を見つめていた。

こういう男だったのか。——岡部の素顔を見てしまって、ナターシャは、ほんのわずか心の中に残っていた、岡部への恋心がすっかり冷え切って、消えて失くなるのを感じていた。

「もう沢山だわ」

「こっちだってさ」

岡部はフンと鼻を鳴らして、わざと落ちつき払ったような足どりで、マンションから出て行った。

ナターシャは、悠季の部屋へと戻った。

買って来たものを冷蔵庫にしまって、居間のソファに少しぐったりして座る。

涙も出なかった。

むしろ、あんな男のために苦しんだり悩んだりしていた自分が腹立たしく、情なかった。

でも、今、ナターシャは彼の子を宿している。——どうしよう？

岡部と、ただうまく行かなくなって別れたのならともかく、あんな形で別れてしまうと、その男の子供を産むということ自体に抵抗がある。

子供には責任がない。それは分っていても……。

「どうしよう……」

と呟いて、ナターシャは頭を抱えた。

20　交差点

「おはよう！」

元気な声が響いて、一瞬、デザインルームの動きが止った。

「――先生！」

悠季が立っているのを見て、みんなが一斉に声を上げ、駆け寄って来た。

「ちょっと！　まだ完全に治ってないのよ。突き飛ばさないでね！」

と、悠季はあわてて言った。

「もう大丈夫なんですか？」

「お医者さんには渋い顔されたけどね。でも、苛々しながら寝てたら、胃をやられそうだから」

これは悠季の本音だった。

「――ともかく、部屋にいるから」

と、悠季は言った。「相談があったら、いつでも来て」

悠季に付き添って来たのは、もちろん綾子で、

「けが人同士、助け合いですね」

「どっちが先に治るか、競争ね」

悠季は自分の席について、部屋の中を見回した。

やっぱり、ここが私の場所だわ。病院の天井を見つめているのは退屈する。

「コーヒー、淹れますか？」

と、綾子が訊いた。

「お願い。あなたも当分アルコールは抜きね」

悠季がそう言うと、ドアが開いて、

「先生！」

「先生、このデザイン――」

「布地のことで――」

ドドッと五、六人も入って来る。

「ちょっと！　いつでも来て、っていっても、一人ずつにしてよ！」

悠季はあわてて言った。

しかし、確かに自分が判断しなくては進まないことがほとんどなのだ。

「順番に。――はい、並んで待ってて」

一つ一つ、相談に対処する。

自分が決めなくてはならないこともむろん多いが、
というこ とともあるのに気付いた。

「これは任せても」

——ひとしきり、人の流れが続いて、やっと途切れたときは二時間たっていた。

「——コーヒー、淹れ直しました」

と、綾子がカップを置く。

「ありがとう」

と、息をついて、「でも——私も、また入院したりすることもあるでしょうし、私なしでも仕事は止らないようにしておかないとね」

「少し成長しましたね」

「ちょっと！　馬鹿にしてる、私のこと？」

と、悠季は苦笑した。

「とんでもない！　心から尊敬しております」

と、綾子は大真面目な顔で言った。

すると、ドアをノックする音。

「どうぞ」

と、声をかけると、

「やあ、どうも」

と、顔を出したのは、北里刑事だった。

「北里さん！」

とたんにポッと頬を染めたのは綾子である。

「もう大丈夫なの？　病院にいないから……。ああ、大変でしたね」

北里は悠季に言った。「しかし、凄いことをやったもんだ」

「氷室のことですね。罪になるのは覚悟しています」

「いや、検察だってあなたに感心してこそいても、責めたりしませんよ。それより、氷室の目をひきつけるために裸になったんですって？」

「北里さん！」

綾子が北里の脇腹をつついて、「先生、ちょっと留守にしてよろしいでしょうか」

「ええ、もちろん。でも、戻って来てね、今日中には」

と、悠季は言ってやった。

綾子が北里を引張って出て行くと、悠季はパソコンを立ち上げて、たまっていたメールをチェックした。

海外からのメールもいくつかある。プリントして、後で綾子へ回すことにする。

単なる注文や、ＰＲなどは英文でも大丈夫だが、ちょっと微妙な問題となると、ひとつの単語でも重要になる。海外との取引きはまだ多くないが、向うは契約がすべて。こちらもよほど用心してかかる必要がある。

すると、何と母からのメールが入っていた。

〈悠季。元気？

船旅は快適だけど、少し退屈。

あなたの物騒な毎日と、足して二で割れるといいのにね。　母より〉

悠季は思わず笑って、

「呑気ね」

と呟いた。

「――あら」

見たことのない差出人のメールだ。

ウイルスかも……。用心しなくては。

しかし、〈事件の真実〉というタイトルが気になった。

開いてみると、本文はなく、添付されている写真のデータだけ。

「何かしら……」

悠季はクリックした。

パソコンの画面に、一枚の写真が広がった……。

「これって……」

パソコンの画面に現われた写真を、悠季はじっと見つめていた。

ナターシャだ。

テーブルについて、誰かと握手をしているらしい。

「ああ……。サイン会？」

ナターシャが写真集を出したとき、どこかの書店で開かれたサイン会の写真らしい。

よく見ると、テーブルの上に、悠季もナターシャからもらって持っている写真集が置かれている。

「誰がこんな写真……」

どうしてメールで送って来たのだろう？

画面を戻そうとしたが、タイトルの〈事件の真実〉が気になった。――何か意味があるのだろうか？

ナターシャは屈託ない笑顔で、サインした後、ファンと握手している。

ふと、悠季は思い付いた。元の写真が、パソコンの画面からはみ出している。

マウスを動かして指示すると、画面の見えていなかった部分が見えて来た。

握手している相手。――男性だ。その顔が、やや斜め後ろからだが、見えていた。

「この人……」

悠季はまじまじとその写真に見入った。

これは……もしかして……。

「まさか」

と、悠季は呟いた。

ケータイが鳴った。ナターシャからだ。

「もしもし、ナターシャ？」

「先生……。今マンションに……」

ナターシャの声は沈んでいた。

「どうしたの？」

「あの人が――。伴之が来たんです」

「まあ、岡部が？」

「まるで何もなかったみたいな顔して……。私、情なくって……」

「分るわ」

悠季はパソコンの画面を見ながら、「ね、ナターシャ、あなたに訊きたいことがあるんだけど」

「はい。――仕事場へ行きますか？」

「そうしてくれる？　待ってるわ」

と、ナターシャは言った。「すぐ出た方がいいですね」

「分りました」

「急がなくてもいいわよ。ずっとオフィスにはいるから」

「ちょっとシャワー浴びたいんで。三十分くらいしたら行きます」

「ええ、待ってるわ」

通話を切ると、ドアが開いて、何と出て行ったばかりの綾子が戻って来た。

「あら、どうしたの？」

「のんびりデートなんかしていられません」

と、綾子は言ってから、「北里さんのケータイに連絡が入って、仕事で行ってしまったんです」

「あら、お気の毒」

「今度ゆっくり会いますから」

と、綾子は言った。「何かメールが？」

「ああ、英文のはプリントしたわ。訳して要約を作ってね」

「かしこまりました」

と、綾子はプリントした用紙を受け取った。

そしてパッとめくると、

「——先生、これは嫌味ですか」

「え?」

プリントの一枚を取り上げて、

「これは英語じゃありません。フランス語です」

「あ……。ごめん。よく見なかったわ」

「私にフランス語まで勉強しろってことですか?」

「そうじゃないけど……。私より、あなたが勉強した方が早いわね、きっと」

と、少しおだててみる悠季だった。

そこへ、

「先生」

と、デザインルームのスタッフが顔を出して、「今度のウインドウのディスプレイのプラン、見ていただけますか」

「はい、ちょっと待ってね」

悠季がパソコンの前から離れて、デザイン画の中の何枚かを選んでいると、

「——先生」

と、綾子が言った。

「その写真ね……」

悠季は、綾子がパソコンの画面を見ているのに気付いた。

「え?」

「どうして北里さんがナターシャと握手してるんですか?」


思いがけず手間取ってしまった。

ナターシャは、髪がすっかり乾いていなかったのだが、ともかく出かけることにした。

マンションを出ながら、バッグにお財布を入れたか、確かめる。

もちろん、急ごうと思えば地下鉄の方がいいが……。

タクシーを拾って行った方がいいかしら?

少し迷って、ナターシャは足を止めた。

もし、すぐに空車が通れば乗って行こう。なかなか来ないようなら……。

しかし、特に若い女の子には顔を知られている身である。電車では色々声をかけられたり、厄介なこともあった。

今は、ファンに笑顔でサービスしている気分ではない。

だが、待っていると、なかなかタクシーはやって来なかった。

「地下鉄にしようか……」

諦めて歩きかけたとき、車のクラクションが鳴った。振り向くと、車が一台、そばへ寄って来て停る。

まさか、伴之？　と、一瞬警戒したが、

「やあ、ナターシャ君だね」

運転席のドアが開いて、「僕は北里だよ」

「あ——刑事さん」

ナターシャはホッとして、「綾子さんの惚れてる刑事さんですよね」

北里はちょっと笑って、

「そいつは彼女に訊いてみないとね。——どこへ行くの？」

「ゆき先生のオフィスです」

「それならちょうどいい。僕もこれから行くんだ。乗って行くといいよ」

「いいんですか？　良かった！」

ナターシャは助手席の側のドアを開けて乗り込んだ。「助かりました。タクシーを待ってたんですけど、なかなか来なくて」

「じゃ、シートベルトを。——この車なら、タダだよ」

「そうですね」

ナターシャは微笑んだ。

車が走り出す。

ナターシャは、ふと、どうして刑事の車が都合良くここを通りかかったのかしら、と思ったが、別にそれ以上は考えなかった。

「髪が少し濡れてて……」

ナターシャはちょっと気にして、「ヘッドレストが……」

「いいんだ。気にしないで」

「すみません」

車が赤信号で停ると、北里はナターシャを見て、

「髪が濡れてるのも、なかなか色っぽくていいもんだよ」

と言った。

ナターシャは面食らって、

「——ありがとうございます。びっくりした！」

「びっくりした？　どうして」

「だって……。刑事さんにそんなこと言われるなんて」

と、ナターシャは笑って言った。

「刑事だって人間だ。職務を離れたら、アイドルのファンにだってなることがあるんだよ」

妙に真面目な北里の口調に、ナターシャは怒らせたのかと、少しあわてて、

「もちろんですよね。私、別にそんな意味で言ったわけじゃ……」

「いいんだ。分ってるよ」

と、北里は微笑んだ。

ナターシャはホッとして、

「やさしいんですね、刑事さん」

「ありがとう」

車が走り出す。

北里は少しして、運転しながら言った。

「僕を憶えてる？」

ナターシャは一瞬ポカンとして、

「――え？」

「僕らは以前、会ってるんだよ」

「私が……。刑事さんに、ですか？　いつ……」

「さあ、いつかな」

北里は車を高速へ乗せた。

どうしてわざわざ高速に？　ナターシャも不思議に思った。

でも――相手は刑事だ。きっとこの方が早いんだろう。

「あの……いつお会いしたんでしょうか？」

と、ナターシャは訊いた。

「思い出せないかな」

「すみません」

「いや、仕方ないよ。僕は休みの日で、セーターにジャケットだったしね」

「お休みの……」

北里はチラッとナターシャを見て、

「君の写真集をね、僕も持ってる」

「そうですか。ありがとう……」

と言いかけ、「じゃ、サイン会に？」

「やっと思い出してくれたね」

と、北里は嬉しそうに、「僕らはしっかり握手もした。思い出せるだろ？」

「そう言えば……」

憶えているわけがない！　次から次へと何百人もの男性たちと握手をしたのだ。

でも、そうは言えなかった。

「そう言えば……何となく」

「いや、無理もないよ。ああいうときは、いちいち相手の顔なんて見ないものだろうからね」

と、北里は言った。「でも、僕の手を握る君の手には、明らかにそれまでの男たちとは違う力がこめられてた……」

「そうでした……」

「うん、そうなんだ」

北里は肯いて、「あの瞬間、僕は決心した。一生かけて、君を守って行こうと」

初めて、ナターシャは冷たいものが背筋を走るのを感じた。

この人は……まともじゃない！

そのとき、ナターシャのケータイが鳴った。

「――先生だわ。もしもし」

「ナターシャ、今どこなの？」

と、悠季が訊く。

「車です。あの――高速を走ってて」

「高速？」

「ええ、あの――」

「タクシーなのね？」

「いいえ、この車は刑事さんのです」

「刑事さんって——北里さんの車？」

「はい」

その瞬間、ナターシャの手からケータイが引き抜かれていた。

北里は窓ガラスを下ろすと、ケータイを投げ捨てた。

「もしもし。——ナターシャ？」

悠季は手にしたケータイを見て、「切れたわ。それも、普通の切り方じゃない」

「どういうことですか？」

と、綾子が訊く。「ナターシャは——」

「今、北里さんの車に乗ってるって」

綾子が愕然としている。

「まさか……」

「分らないけど……。でも、どこへ向ってるのか……」

「言わなかったんですか？」

「『高速を走ってる』と言ったわ」

と、悠季は思い出して、「ナターシャがマンションからここへ来るのに、高速に乗る必要ないはずだわ」

「じゃあ、どこへ？」

「分らない。――綾子さん、これって、どう考えていいのか、私にもよく分らないけど……」

「私に遠慮なんかしないで下さい！」

と、綾子は真直ぐに悠季を見つめて、「ナターシャの安全が第一です」

「そ、そうね」

悠季としては、北里と綾子のことを考えてしまうのだ。

「確かにショックです」

と、綾子は言った。「でも、私はもう子供じゃありません。それに……」

「それに？」

「私、ショック受けても、それに反応するのに半日くらいかかるんです。ですから今は大丈夫」

そんなことってあるの？

悠季は首をかしげたが、ともかく今はナターシャのことだ。

悠季は伊河に電話した。

「――やあ、どうした？　もう働いてるのか」

「それどころじゃないの」

「もともとナターシャのファンだったらしいの。でも、ただのファンじゃないかもしれない」

「北里が？」

伊河は少し黙っていたが、

「北里刑事が、ナターシャを連れ去ってるの」

「何だ？」

状況を説明すると、

「今、高速だと言ったんだな？」

「ええ。どこのことかは分らないけど」

「都心から離れた高速なら、そう言うだろう。ただ『高速』っていうのは首都高速のことだ」

「私もそう思うわ」

「しかし、どんどん遠くへ行っちまうからな。――北里がナターシャをどこへ連れて行くつもりなのか……」

悠季は綾子の方へ、

「心当り、ない？　どこか北里刑事の好きな場所とか……」

「好きな場所……」

綾子は眉を寄せて考え込んだ。

「思い出してみて。デートした場所とか」

「そんなにしてませんよ。忙しくって、それどころじゃないし。その割にお給料は――」

と言いかけて、「それは別の話ですね」

「そうね」

「でも、北里さんが好きなのはナターシャでしょ？　私のことは……。つまり、代用品だったわけか！　ひどい奴！」

「怒ってないで――」

「怒ってません！　腹立ててるだけです！」

と、綾子は言った。「でも、まさか――同じ場所、使いますかね」

「分らないわ。それって、どこのこと？」

「車で――ずっと奥多摩の方へ入って行った、湖を見下ろす場所で……。車の通れるような道はないんですけど」

「じゃ、歩いて？」

「いえ、林の中へ車で入って行って……。そうか、慣れてたってことですね、それって」

「そこかもしれないわ」

「そこで初めてキスして……」

「まあ、そうだったの？」

「私をいくつだと思ってるんですか？　キスぐらいしますよ！」

と、綾子が真赤になって言った。

「別にからかっちゃいないじゃないの」

「そこなら――たぶん首都高から中央高速へ……」

「もしもし、伊河さん、聞こえた？」

「ああ、直接訊く！　代ってくれ」

悠季はケータイを綾子に渡した。


「どう？」

と、北里は優しく言った。「素敵な場所だろ？」

「ええ……」

ナターシャは肯いた。

しかし、笑顔は引きつっている。

確かに、そこはすばらしい眺めだった。

林の中の、車が入れるのかと思う細い道を入って来て、さらに木立の間を入る。北里はたぶん何度か来ているのだろう。

遥か足下に湖があり、遠い湖面がキラキラと輝いている。

うっとりするような眺めではあるが、今のナターシャは、それどころではない。

北里は一体自分をどうするつもりなのだろう？

しかし、北里はそんなナターシャの不安など一向に気付かない様子で、

「君なら、きっとこのすばらしさを分ってくれると思ってたよ……」

と、微笑んで、ナターシャの肩へ手を回して来る。

ナターシャは、逆らうこともできず、北里の方へ身をもたせかけた。北里の息づかいさえ聞こえて来る。

「いつか、君とここでこうして時を過すのが、僕の夢だったんだ……」

「そう……ですか」

「君は、僕をただのしがない刑事だと思ってるだろ？　そうじゃない。――僕にはね、誰も知らない裏の顔があるんだ」

「裏の顔？――怖いわ」

北里は笑って、

「いや、裏の顔っていっても、『ジキルとハイド』じゃないよ。僕には、『力』がある。

色んな人間を動かす力がね。そして金もある」

「お金持なの？」

「ああ。この車だって、見た目はごく平凡だが、エンジンを交換してある。三百キロもスピードが出るんだよ」

「凄い」

「まあ、日本じゃ、なかなか二百キロだって出せる道がないけどね」

と、北里は肩をすくめた。「しかし、たとえ百キロのスピードで走ってても、もともと百二十キロしか出ない車と、三百キロ出せる車じゃ、余力が違う。分るかい？」

「ええ……。何となく」

運転のできないナターシャには、北里の話は、まるで外国語を聞いているかのようだった……。

「そうなんだ。問題は隠れたパワーなんだよ。車も人間も同じさ。毎日あくせく働いて、それがやっとの男と、どんなに忙しくても、他に使う余力を残してる男とは、大違いなんだからね」

「ええ……」

「僕が力に憧れたのも、そのためだ。——刑事になったのも、それが理由だった。何といっても、警察官は権力を持ってるからね」

「ええ……」

「いざとなれば、犯人を射殺することだって許されてる。――まあ、そんな機会にはめったに出会わないがね」

と、北里は言った。「でも、いつか……。僕は凶悪犯を追いつめて、一対一で決闘したい。自分の拳銃の弾丸が、悪い奴の胸を撃ち抜く瞬間は、どんなに素敵だろう！」

うっとりしたような口調で語り続ける北里を、ナターシャはこわばった表情で見ていた。

北里は、ナターシャに話しているというより、自分に向って語りかけているようだった……。

「しかし、僕はただの刑事で終りたくない。刑事も力を持ってるが、充分じゃない。だから、僕は事件の捜査で知り合った人間たちを利用して、金を儲けた。何といっても、今の世の中は金だからね」

「お金……」

「うん。君だって、ぜいたくがしたいだろ？　だから、あんな男に抱かれてたんだろう？」

「え？」

「柳本だよ、〈M食品〉の」

「ああ……」

ナターシャはちょっと身震いして、「殺されちゃったわ、あの人……」

と言った。

そして……。長い沈黙があった。

ナターシャは、自分をしっかりと抱き寄せている北里の「力」を感じていた。

北里は、しばらく何も言わない。——今まで、あんなに得意げにしゃべっていたのに。

なぜ黙ってしまったの？

——その理由をナターシャが悟るまで、しばらくかかった。

「北里さん……」

やっと口を開いたとき、ナターシャは青ざめていた。「まさか……」

「そうだとも」

と、北里は微笑んで、「僕が柳本を殺したんだ」

ナターシャはまた身震いして、

「どうして？　どうしてあの人を——」

「もちろん、君を守るためだよ」

と、北里は当り前の口調で言った。

「守る、って……」

「君の美しい純粋さを守るためさ。君はあんな奴と寝てはいけないんだ」

「北里さん……」

「君が、誰か他の男を愛したとしても、それが君の意志なら、僕は尊重するよ。僕は知ってる。岡部伴之のことも、君があいつの子を身ごもってることも」

「そんなことを……」

「僕は刑事だよ。その気になれば、君の生活を二十四時間監視していることだってできるんだ」

「でも……殺さなくても……」

「柳本は、僕のことも知っていた。金を回すことで、僕からも情報を受け取ってたんだ。しかし、奴は知らなかった。──君への、僕の想いが、いかに熱いものかをね」

北里は遠くを眺めながら、「あいつを射殺するのに、ためらいはなかったよ。それは本当に楽しい一瞬だった……」

「楽しい？」

「そうとも。僕の『力』を実感できた瞬間だったしね」

「それが力なの？」

「そうとも。命を奪う。これ以上、力を発揮できることなんかないよ」

「私のことも……殺すの？」

ナターシャの声が震えた。

北里は、びっくりしたような目でナターシャを見ると、

「殺すって？　僕が君を？」

と言うと、声を上げて笑った。

「北里さん……」

「そんなわけないじゃないか！」

と、北里は言った。「言っただろ。君を守るのが僕の役目だ」

「でも、そのために人を殺したのね」

「もちろんさ。これからでも殺す」

北里が平然と言った。

ナターシャは、息を呑んで、

「まさか——岡部さんを殺してないわよね？」

「ああ、むろん。——まだね」

そのひと言が、ナターシャを震え上らせた。

「じゃ、これから殺すの？」

「それは君が決めることだ」

「私が？」

ナターシャは当惑した。

「君は岡部の子を身ごもってる。しかし、もう彼を愛しちゃいないだろ？」

「ええ……」

「だったら、どうする？　そのお腹の子を始末するかどうか」

「それは……」

ナターシャは口ごもったが、「でも、それは私が決めることだわ」

「もちろんさ。だから訊いてるんだ」

「あなたに何の関係が？」

「あるとも」

北里は微笑んで、「僕は嫉妬してはいない。君が子供の父親として、岡部のことを許すのならそれでもいい。しかし、子供はいらないというのなら……」

「それならどうするの？」

「責任を取らせる」

「責任？」

「岡部にね。罪を償わせるんだ」

「でも、あなたがそんなことを――」

「僕にはそうする資格がある」

と、北里は言った。「車を降りよう」

ナターシャは、わけの分らないまま、車から外へ出た。

「どこへ行くの？」

「どこへも行かないよ」

北里は、ボタンを押して、トランクのロックを外した。

車の後ろへ回って、トランクを開ける。

ナターシャは覗いてみて、息を呑んだ。

岡部が、手足を縛られて、トランクに入れられていたのだ。

「――殺したの？」

ナターシャの声は震えていた。

「いや、まだ生きてる」

北里はごく当り前の口調で言った。少しも悪役めいていないその言い方が、却って恐ろしい。

「でも……動かないわ」

「薬で眠らせてあるからね」

北里は、面白がるように、ちょっと岡部をつついた。「まだしばらくは目を覚まさないよ」

「北里さん……。お願いですから、やめて。この人も、いい加減な人だけど、殺されるほど悪いことはしてないわ」

「しているとも。君を裏切り、捨てた。君に子供ができてることを知りながらね。こんな奴は生きてたって、また同じようなことをくり返すんだ」

北里は淡々と言った。「この男をこの世から抹消するのは、将来この男の犠牲になる女の子を救うことなんだよ」

「そんなのって……おかしいわ」

ナターシャは、やっとの思いで言った。北里はまともではない。

北里に逆らって、怒らせたら、自分もどうされるか……。そう思うと、北里を思いとどまらせるのも恐ろしい。

「ね、岡部さんだって、きっと後悔して、二度とあんなことしないと思うわ。そうなる可能性だってあるでしょう?」

「君には分らないんだ」

と、北里は言った。「僕は仕事柄、こういう男をいくらも見て来た。捕まると、『二度としません』と泣いて詫びる。そのときは本気なんだ。でも、自由になると、また同じことをくり返す。——犯罪者はね、誰も同じなんだよ」

北里はちょっと遠くへ目をやりながら話していた。

ナターシャは、トランクの中の岡部を見下ろしていたが、岡部がわずかに身動きするのを見てハッとした。

岡部は目を開けていた。――薬が切れているのだ。

北里は気付いていない。

ナターシャは、何とか北里の注意をそらす方法はないか、必死で考えた。


「間違いないのか」

と、伊河はハンドルを握って言った。

「ええ。大丈夫。この道です」

綾子が助手席で言った。

「しかし、どこも似たような道だぞ」

「私を信用して下さい！」

「分ったよ」

「伊河さん、彼女の言葉を信じて。記憶力は抜群の人だから」

と、悠季は後ろの座席で言った。

結局、綾子も口では道を説明できず、こうして伊河の運転する車に同乗して来ることになったのである。

　当然、悠季も一緒である。

「——そこの分れ道を左」

　と、綾子は言った。

　伊河はチラッと綾子を見て、言われた通りにハンドルを切った。

「あとこのスピードなら、十五分くらい」

「本当か？　よく分るな。北里とドライブしたときは、一応付合ってもいいと思ってたんだろ？」

　と、伊河が言うと、

「邪魔しないで下さい」

　と、綾子は言い返した。「あのときのことを思い出して追体験しながら時間を測ってるんですから」

　それを聞いて、伊河はちょっと目を丸くした。そしてもう何も言わなかった。

　大した人だわ、と悠季は改めて綾子を見て思った。

　きっと間に合う。きっとナターシャを救える。

　悠季は祈るような思いで、自分に言い聞かせた……。

「少し考える時間をあげよう」

と、北里は言った。

「ええ。――お願い」

ナターシャは、岡部の目が怯えながら自分を見上げているのを感じていた。

「僕は湖を眺めてるよ」

北里はポケットに手を入れて、ブラリと湖の方へ歩いて行った。

岡部がかすれた声で、

「解いてくれ」

と言った。

ナターシャは唇に指を当てて、黙っているように合図すると、そっとかがみ込んで、岡部の手首を縛った縄を解こうとした。――少し力がいったが、何とか緩んで来て、縄が解けた。

岡部は汗を拭うと、しびれた両手で何とか足首の縄を解こうとした。

「ねえ、ナターシャ」

と、北里が言った。「こっちへおいで」

「ええ……」

ナターシャは、湖面を眺めている北里のそばへ行った。

「自然は美しいね」

と、北里は言った。「自然はあるがままに生きている。人間のように、欲望や見栄のために愚かな真似をしたりはしない」

「ええ……」

「僕の君への愛も、自然そのものなんだ。あの岡部のように、計算ずくのものじゃない」

「でも……あの人だって、一時は私のことを愛してたと思うわ」

と、ナターシャは言った。「そう思わない？」

少しでも、時間を稼ぐ必要がある。

「思わないね」

と、北里は言った。「あんな男は、人を愛するってのがどういうことか、分ってないんだよ。ただ、自分の欲望を一時的に充たせばそれで満足してるのさ」

「そうかしら……」

「そうだとも。君もあんな奴のことは、早く忘れてしまわなきゃいけない」

「ええ……。でも、それならあの人を殺さないで。もし殺してしまったら、私、一生忘れられないわ」

「僕もね、殺さずに済めば、と思ってる」

と、北里は言った。「しかし、何しろあいつは馬鹿だからな」

「でも――」

北里はクルリと振り向いた。

岡部が、数メートル先に立っていた。手に重いレンチを握っている。

「僕が気付いてないと思ったのか？」

北里の手に拳銃があった。「そのレンチも、わざと置いといたんだ。黙って逃げりゃいいものを」

「北里さん、やめて」

「もう手遅れだ」

拳銃が発射されて、ナターシャはその銃声に耳をふさいだ。見えない手で殴られたように後ずさる。

「――岡部さん」

岡部が大きく目を見開いて、手からスルッとレンチが抜け落ちた。

ナターシャは叫び声を吞み込んだ。

岡部の胸の辺りに、赤く血がにじみ出て、すぐに見る見る広がって行く。

岡部はヨロヨロと車の方へ近寄ると、ボンネットの上にバタッと伏せた。

そして、ズルズルと地面に崩れ落ちて行った。

「馬鹿につける薬はないね」

北里はそう言うと、岡部の方へ歩み寄り、襟をつかんで引きずった。――湖の方へ。

「どうするの」

「捨てるのさ。こんな奴は、死ねばただのゴミだ」

北里は両手で岡部の体を少し持ち上げると、湖面の方へ投げ出した。――急な斜面を、岡部はズルズルと落ちて行き、見えなくなった……。

「これでいい」

北里が息をついて、こっちへ振り向く。

ナターシャは北里の目の前に立っていた。

自分でも、よく分らないまま、ナターシャは両手を北里の胸に当て、力一杯押していた。

北里は緩い斜面に立っていて、バランスを失った。

「ナターシャ……」

北里が両手を伸して、ナターシャを捕まえようとする。ナターシャは必死でその手を振り払った。

「ナターシャ、僕は……」

北里がこらえ切れずに斜面に這った。

両手が必死に草や地面をつかもうとしたが、北里の体はザーッという音をたてて滑り落ちて行った。

「やめて、やめて！」

ナターシャは泣き出した。そして湖に背を向けて走り出していた。

「この辺だわ」

と、綾子が言った。

伊河はスピードを落とした。

「どこも同じようだぜ」

「でも違います。――湖を見下ろせる場所があるんです」

車がゆっくり走っていたのが幸いだった。

突然、車の前にナターシャが飛び出して来たのだ。

「ワッ！」

伊河が急ブレーキを踏んだ。

車は、ナターシャにほとんど触れそうにして停った。

「良かった！　ナターシャ！」

悠季が車を飛び出すと、ナターシャへと駆け寄る。

「先生！」

ナターシャが、悠季に抱きついて来て、同時に声を上げて泣いた。

「大丈夫。——もう大丈夫よ」

悠季は、ナターシャを抱いて、何度もくり返した……。

「あの人が……」

ナターシャがやっと涙を拭って、「北里刑事が……」

「ええ、分ってるわ。今、北里はどこに？」

「崖の……向う」

「崖の？」

「でも……岡部さんが……」

「岡部伴之？」

「北里に……殺されました」

悠季は息を呑んだ。

「殺された？」

「ええ……。撃たれて」

「何てこと……」

「死体を、北里が湖へ落としたんです」

と、ナターシャは言った。「で、私、そのときに北里を押して――」

「奴は？」

と、伊河が訊く。「湖へ落ちたのか」

「ええ……」

「じゃあ……大丈夫だったのね。良かったわ！」

悠季はもう一度ナターシャを抱きしめた。

「車がこの奥に……」

と、ナターシャが指さす。

「私もここへ連れて来られました」

と、綾子が言った。

「車が入れるぎりぎりの幅だ」

と、伊河は地面を見て、「よく見ればタイヤの跡があるが」

「行ってみましょう」

ナターシャの肩を抱いて、悠季は言った。四人が木立の間を抜けて行くと、車があった。

「――このトランクに岡部さんを入れていたんです」

と、ナターシャが言って身震いした。

「血だまりがある」

　と、伊河が足下を見て言った。

「引き上げましょう。湖をさらうのは、大仕事だわ」

　悠季はそう言って、「車はこのままにしておきましょう。警察に事情を説明しないと」

「えらいことだな。相手は刑事だぞ」

　と、伊河が言った。

「仕方ないわ。納得してもらえるまで、くり返し話をして……」

「戻りましょう」

　と、綾子が言った。

　四人が、湖の方へ背を向けて、木立の間を戻ろうとしていると――。

「おい」

　と、伊河が足を止める。

「どうしたの？」

「音がした」

　伊河が振り向いて、目を見開く。

「――まあ！」

北里が、泥だらけの格好で、額や頬から血を流しながら、立っていたのである。

「よじ上って来たのか」

と、伊河は言った。

「そうだとも……」

北里は肩で息をつくと、右手に握った拳銃の銃口を四人へ向けた。「そう簡単にゃ死なないよ、僕は」

「ごめんなさい！」

と、ナターシャが言った。

「やめなさい、ナターシャ」

悠季が自分の後ろにナターシャを隠して、「こんな男に謝る必要はないわ」

「先生！　撃たれますよ」

「人間、いつかは死ぬわ」

悠季は一歩前に出た。北里がギクリとしたように拳銃を握り直す。

「さあ、撃ってごらんなさい」

と、悠季は言った。「その代り、私はあなたに体当りして、一緒に湖へ真逆さまよ。その覚悟はある？」

「強気だな」

「当り前よ。一人で死んでたまるもんですか！」

悠季はじっと北里を見つめていた。

目をそらさない。そう決めていた。

北里も悠季一人しか見ていない。

伊河と綾子が、そっと動いていた。——綾子は悠季から少しずつ離れている。

「じゃ、君と心中するか」

と、北里は口もとに笑みを浮かべた。

「死ぬ覚悟はあるの？　臆病者のくせに」

「僕が臆病だって？」

「そうよ。武器も持ってない女しか撃てないじゃないの。臆病者でなくて、何なのよ？」

「僕を怒らそうったって、そうはいかない」

と、北里は首を振った。「僕は優秀な刑事なんだ。君には分らないだろうがね」

そのとき、綾子が、

「一緒に死ぬなら私よ！」

と叫んだ。「私を抱いたんだから！」

北里が綾子を見た。その瞬間、伊河が北里へ向って突っ込んで行った。

北里は素早く伊河の方へ視線を戻したが、引金を引くのが一瞬遅れた。弾丸は伊河の肩をかすめた。

伊河が思い切り体当りすると、北里が後ろへはね飛ばされた。

北里が転がりながら崖の斜面を落ちて行った。

声も上げなかった。

「伊河さん！」

伊河も、突っ込んだ勢いで、止れなかった。

斜面をズルズルと滑り落ちて行く。

とっさに、悠季は伊河の腕へと飛びついた。

両手で伊河の腕をつかむ。

「伊河さん！　頑張って！」

と、悠季は叫んだ。

しかし、伊河の体は斜面を滑って行く。引きずられて、悠季も頭から斜面を落ちて行った。

「先生！」

綾子が駆けて来て、悠季の下半身に覆いかぶさるように飛びつくと、両手で悠季の腰に抱きついた。

「ナターシャ！　あなたも！」

綾子の声に、

「はい！」

と答えて、ナターシャも駆けて来る。

「私の足をつかんで！」

ナターシャが綾子の足首をつかんで引張る。

伊河の体がやっと止った。しかし、伊河にはつかまる物がない。

「手を離せ！」

と、伊河が怒鳴った。「みんな落ちちまうぞ！」

「頑張って！　私は絶対離さない！」

「しかし――」

「エリカちゃんを残して死ぬつもり？　馬鹿言わないで！」

「だが、俺は重過ぎる。あんたを巻き添えにしたくない！」

「何よ！　散々巻き添えにしといて！　今さら分ったような口、きかないで！」

「分らず屋め！」

「自分勝手な男！」

二人のやり合う声が、林の中に吸い込まれて行った……。

21　仲良し

「呆れたね」

と、医師がため息をついた。「よくまあ、けが人が揃ったもんだ」

「先生、感心してないで」

と、悠季が言った。「みんな、助け合った上の名誉の負傷なんですから」

「おとなしく入院しててくれんと、治療もできんだろ」

医師にそう言われると、返す言葉がなかったが……。

伊河は車椅子で、肩を撃たれた傷のせいで片腕を吊っていた。

「私、当分モデルできませんね」

と、ナターシャが言った。

綾子の両足を必死で引張って、肩を痛めただけではない。——這い上って来た伊河を引張り上げるとき、手やら足やら、顔にまですり傷をこしらえていた。

「——いい取り合せですよ」

と、綾子は言った。「この四人で、コーラスグループでも作りましょうか」

「全くだ」

と、伊河は笑った。

女三人は同じ病室に入院していた。

「――これから大変だぞ」

と、伊河は言った。「あの状況をどう説明する？」

「正直に話すしかないでしょ」

と、悠季は言った。「ナターシャが一部始終見てたんだから、大丈夫」

「湖で死体は見付かったんですか？」

と、綾子が言った。

「さっき、知り合いの刑事に訊いてみた」

と、伊河は言った。「岡部も北里も見付かったそうだ」

「良かった！　また這い上って来るんじゃないかと思って、気が気じゃなかったわ」

悠季が笑って、

「まるでB級ホラーの殺人鬼ね」

と言った。「いたた……」

医師が病室を出て行くと、

「北里の部屋から、日記が見付かったそうだ」

と、伊河が言った。「古めかしい日記帳だったそうだよ」

「日記帳？　じゃ、何か手がかりになるようなことが書いてあったの？」

「警察としちゃ、北里のことはとんでもない不祥事だからな。できるだけ隠しておきたいらしい」

「でも、あなたは知ってるのね」

「そのために、俺たちは普段から金をつかってるんだ。――日記帳のコピーをもらったよ」

「読ませて」

「まだ俺も全部読んでない」

「ケチ」

「どうしてケチだ！」

綾子が呆れて、

「つまらないことで言い争わないで下さい」

と、顔をしかめた。「先生には、入院中にしっかり仕事していただかないと」

「少し休めって言うんじゃないの？」

「社員の生活がかかってるんです。それに、これ以上、あちこち飛び回ることもないでしょうから」

「人をこき使って……」

と、悠季が文句を言っていると、病室のドアをノックする音がした。

「どうぞ」

と、悠季が声をかけると、

「失礼します……」

ドアを開けて入って来たのは、坂井五郎だった。

「あら、坂井君。どうしたの？」

「すみません」

坂井は頭を下げた。

「坂井君……」

「僕は、北里に言われて、先生の所で雇われるようにしたんです」

「まあ……」

「北里が死んだと聞いて、やっと話せます。だらしない奴だと思うでしょうが、北里から、『いつでも刑務所へ戻してやれる』と脅されて……。怖かったんです。刑務所には、戻りたくなかった……」

坂井は身を震わせた。

「分るわ」

と、悠季は肯いた。「いいのよ。でも、どうして北里は君を私の所へ?」

「ナターシャさんの詳しい予定とか、私生活のことまで知りたかったようです。でも、それだけじゃなくて、ナターシャさんに、例の組長の息子が惚れているのを知っていて、組を潰すいいチャンスだと……」

「組を潰す?」

伊河が口を挟んで、

「日記帳にあった。――ナターシャが柳本と親密なのを許せなくて、柳本を殺したが、その一方で、坊っちゃんを利用して、うちの組を分裂させて潰そうとしていた」

「それが仕事だったの?」

「いや、公にはそんなことはできない。だから、氷室に近付いて、組長を殺すようにたきつけたらしい」

「じゃあ……山田妙美さんのことは?」

「あの子は気の毒なことをした」

と、伊河は言った。「俺は、誰か刑事が係ってたんじゃないかと思って、あの子に調べてもらうように頼んだ。それが……」

「僕に電話して来たんです」

と、坂井は言った。「僕が先生の所で雇われたことを聞いたんでしょう。僕は適当に返事をして、北里へ知らせました。まさか殺してしまうなんて……」

「じゃ、青山さんのことは？」

「山田さんからの電話を取ったのが、青山さんだったんです。青山さんは、僕が隠しごとをしているのを知って、脅そうとしました……」

「じゃ、青山さんも北里が――」

と、綾子が言いかけて、「でも、そうじゃなかったわね」

「それも日記帳にあったそうだ」

と、伊河は言った。「北里一人では、手の回らないところもある。自分の後輩の刑事を引き込んで手先に使っていた」

「じゃ、青山さんをその部下の刑事が？」

「そうだ」

「でも、あのとき北里は私と一緒に青山さんのアパートに行ったわ」

「青山百合を殺しに行った刑事が、道に迷って、手間取ったんだ。危うくあんたと出くわすところだった」

「私、撃たれたわ」

「北里の計算外だったろう。申し訳ないと思っていたんだよ、あんたには」

「妙なところで真面目なんだ」

「そんなものさ」

と、伊河が言った。「北里も、本気でナターシャを愛していた。それは日記帳でもよく分る」

「いやだわ……」

「本気で、組を潰して、いい世の中にしようとも思っていた。――柳本を平気で殺すことと、正義を行うことが、北里の中では矛盾していなかったんだ」

「分るわ」

と、悠季が肯いた。「善を実行しているつもりだったのかもしれないわね」

「それが怖い。――なまじの悪党より、よほど怖いよ」

坂井が、悠季の前へ進み出て、

「すみません」

と、もう一度頭を下げた。「先生の所にお世話になっているのに、黙っていて」

「仕方ないわよ。もう忘れて」

と、悠季は微笑んで、「君は、友子さんと愛ちゃんのことを心配してなさい」

「すみません……」

と、坂井はくり返し謝って、「安心して家へ帰ります」

「良かったわね。――明日もちゃんと出勤してね」

坂井は面食らったように、

「僕は――まだ働いていてもいいんですか？」

「警察に何もかも話してね」

「はい。――ありがとう！」

坂井が嬉しそうに出て行く。

「――我々も、警察に話さなきゃならんことが色々あるな」

と、伊河は言った。

「でも――ともかくこれで落ちつくでしょうね」

と、綾子が言った。「もう、けがするのはごめんです」

「綾子さん、大丈夫？　北里のことは……」

「ご心配なく。立ち直るためにも、先生に早く仕事してもらわないと」

「やぶへびだった……」

と、悠季は呟いた。

「私……」

と、ナターシャは言った。「この子を産もうと思います。岡部さんは可哀そうだけど、私も一度は好きだったし」

「応援するわ。頑張って」

「はい！」

と、ナターシャは言った。「でも、先生はどうするんですか？」

「どうするって？」

「伊河さんのこと、好きなんでしょ？」

悠季はあわてて、

「何言ってるの！」

「でも、命がけで伊河さんを助けたくらいだから……」

「それとこれは別！　私、仕事で当分大変なの！　男なんかいらない！」

と、悠季は宣言してしまった……。


そのせい──かどうか分らないが、悠季は一週間ほどで、仕事に戻った。

「お帰りなさい！」

「先生！　良かったですね！」

スタッフの声に迎えられて、悠季は心から嬉しかった。

綾子は？　もちろん、悠季より一日早く、オフィスに戻っていた！

「──先生」

入って来たのは、エリカだった。

「あら、元気そうね」

「ええ。お父さんが、ちっとも見舞に来ないって文句言ってます」

「あらあら。少しは行ってあげなさいよ」

と、悠季は笑った。

「父を――助けて下さって、ありがとうございました」

と、頭を下げる。

「お互いさまよ」

「私――ずっとここで働いてていいですか？」

「もちろんよ」

悠季は、窓から外を見下ろした。

広い通りと、行き交う人々。――交差点を、あわただしく人が通り過ぎる。

「先生……」

エリカが、悠季のそばに来て、「私、先生のこと、お母さんのような気がして……」

「まあ」

悠季は、エリカの額に唇をつけて、「せめて『お姉さん』にしておいてよ」

「はい」

と、エリカが笑った。

「面白いわね、出会いって」

と、エリカの肩を抱き、「小さな偶然がなかったら、交差点であなたとすれ違っても、知らない他人同士ですものね」

「でも……私、きっと先生のこと、じっと見たと思うな」

「そう?」

「運命なんだ、この人と会ったのは、って思った」

「運命ね。――そうかもしれない」

エリカの母から預かった写真のことはずっと黙っていよう、と悠季は思った。

ドアが開いて、

「先生!」

と、元気よく入って来たのは、江崎香子だった。「お話が――。今、いいですか?」

「ええ、いいわよ」

エリカが出て行く。

「――あの子、凄く熱心ですね」

と、香子が言った。

苛酷な出来事から立ち直って、香子は仕事に打ち込んでいる。悠季は涙が出るほど嬉しかった。

一人になって、パソコンの前に座ると、ケータイが鳴った。

「もしもし?」

「ああ、悠季?」

「お母さん! どうなの、旅は?」

母、みすずは、まだ船でヨーロッパ旅行中である。

「ええ、楽しんでるわ」

「良かったわね。私もどこかで待ち伏せしようかな」

「ぜひそうしなさいよ」

と、みすずは言った。「そうそう。メール、届いた?」

「メール?」

「もう大分前だけど。――ほら、ナターシャちゃんのサイン会の写真、メールで送ったわ」

「え? お母さんが?」

悠季は目を丸くした。

「私、ナターシャちゃんを見に行ってたの。そのとき写真撮ったのよ。あの刑事さんを見たとき、どこかで見たことあるな、と思っててね。思い出したの。持って来たデジカメに残ってたから。見てくれた？　写真はどうしたら送れるか分らなかったんで、船に乗り合わせたパソコンに詳しい人がかわりに送ってくれたのよ」

「ええ……。ありがとう」

「あ、じゃ、またね。これから船長さんとディナーなの！」

悠季は切れたケータイを、しばらく眺めていた。――母の顔が見える、とでもいうように。

「先生！」

ドアが開いて、綾子が入って来た。

「あ、どうしたの？」

「どうした、じゃありません。打合せですよ、Kデパートと」

「あ、ごめんごめん」

悠季はあわてて立ち上ると、綾子にせき立てられながらオフィスを出て行った……。

解説

山前 譲

義を見てせざるは勇無きなり——孔子の『論語』のなかのフレーズだが、昨今、あまり耳にする機会がないかもしれない。ただ、赤川次郎氏の『交差点に眠る』を読了後、ふと浮かんだのがこの名言だった。人として当然行うべき正義を知りながら、それを行わないのは勇気がないからだ、といった意味だが、本書の主人公である梓悠季は、その勇気がありすぎるからである。

悠季はボーイフレンドのゴローと壊れかけたような空家に上り込んだ。せっかちにゴローは悠季を抱こうとするが、そこに別の男女が入ってきたので慌てて隠れた。目の前で激しく愛し合ったふたりは、悠季とゴローに気付くが、直後、激しい銃撃戦が始まる。そして撃ち殺されてしまった男と女。女はその前に、娘に渡してほしいと一枚の写真を悠季に托した。十六歳の少女にとっては衝撃的としか言いようのない事件だった。そして十三年の時が過ぎる。

数多い赤川作品には、恋の行方にハラハラしたり、家族が巻き込まれた日常的な事件を描いたものもあるけれど、やはり犯罪が絡んでのミステリーがメインと言えるだろう。それも多彩なシリーズ・キャラクターの活躍が目立つ。

　徳間文庫で人気の今野夫妻のシリーズは、妻が刑事で夫が泥棒だから、危ないことが迫ってくるのは当たり前である。死体を目の前にすることは多々あった。三毛猫のホームズは飼い主である片山兄妹の兄が刑事だから、やはり何度も殺人事件に直面している。そして警視庁捜査一課の大貫警部——いや、彼のことは多くを語らないほうがいいかもしれないが、そうした警察関係者だけでなく、赤川作品のシリーズ・キャラクターたちは何かしら犯罪に関わってきた。

　しかし、悠季の体験はあまりにも強烈すぎた。二十九歳になって（公称は三十歳！）、デザイナーとしてファッション界で知られるようになったけれど、空家での出来事を忘れたことはない。いや、あえて忘れないことにしていたのだ。彼女の人生観のベースとなったからである。彼女自身がこう語っている。「命がけで、真剣に生きてみようって思いました。死ぬ気でいれば怖いものなんてない、って」と。

　デザイナーとして忙しく駆け回っているその悠季の前に、数々のトラブルが渦巻くのだった。ホテルのベットの上で銃殺されていた会社社長、同じ部屋にいた若手のファッションモデル、そのモデルを探す「組の人間」、襲われて悠季の自宅マンションに逃げ込んできた「組の人間」、「組」の内部抗争、悠季のもとで働く見習いに迫る危機、「組」の坊っちゃんとのハプニング……。さまざまな様相を見せる家族の絆も事件を招き、新たな死が重ねられていく。

ゴローとの再会もあった。もちろんあの空家で預かった写真のことも忘れてはいない。デザイナーの仕事に集中したいのは山々だが、けっして見て見ぬふりをすることのできない悠季である。あまりにもめまぐるしい展開に、つい彼女の本業を忘れてしまいそうだ。そして特筆すべきは臨機応変にサポートしてくれる、有能な秘書の梅沢綾子である。ただ、必ずしもすべてをコントロールできるわけではない。悠季を悲しませる不幸な出来事が何度も起こるのだ。

錯綜する展開に圧倒的なリーダビリティをもたらしているのは、やはり悠季の人生観である。「人間、何かやりとげたかったら、命がけにやらなきゃいけない、って思うのよ」とか、「本当の偶然でしかない出会いが、人の一生をかえることがあるのよ」といった、作中のそこかしこにちりばめられている彼女のことばが、胸に響くに違いない。どこか『セーラー服と機関銃』の星泉や暦通りに歳を重ねてきた杉原爽香を思い出させる、個性的なキャラクターだ。

そしてタイトルにある「交差点」についても、悠季自身が語っている。

「交差点で、信号一つずれただけで、会う人と会わない人が、全然違ってくる。それをただ『偶然』で何も意味もないと思うか、『運命』だと思うか。それが生きる分れ道なんだわ」

世界的にも有名な東京・渋谷のスクランブル交差点を渡る歩行者は、たった一日で数十万人にもなるという。何事もなくすれ違うのか、それとも何か出会いがあるのか。交差点に何が眠っているのかは、誰にも分からないのかもしれない。ただ、そこに人生の分岐点があるかもしれないことは否定できないのである。

策謀と欲望、信頼と裏切り、複雑な人間関係と恋模様がクロスしてのサスペンス・ミステリーである『交差点に眠る』は、二〇一〇年十月に幻冬舎から刊行された。ファッションの世界を背景にした赤川作品は珍しいが、その華やかな世界と対照的なのは梓悠季自身も命の危機を迎えるようなスリリングな場面だ。その緊張感はまさに最後の最後まで持続している。

ただけっして猪突猛進しているわけではない。登場人物のひとりは悠季を見て、本当に「勇気がある」のはどういうことなのか知らされる。悔いのない人生を送りたいという彼女の揺るぎのない意志が印象的だ。

二〇二一年十一月

本書は2010年10月幻冬舎より刊行されました。なお、
本作品はフィクションであり実在の個人・団体などとは
一切関係がありません。

徳間文庫

交差点に眠る

2022年1月15日 初刷

著者 赤川次郎（あかがわじろう）

発行者 小宮英行

発行所 株式会社 徳間書店

東京都品川区上大崎三―一―一 〒141―8202
目黒セントラルスクエア

電話 編集〇三(五四〇三)四三四九
販売〇四九(二九三)五五二一

振替 〇〇一四〇―〇―四四三九二

印刷
製本 大日本印刷株式会社

ISBN978-4-19-894705-7 （乱丁、落丁本はお取りかえいたします）